JAN KUHLBRODT

# DAS MODELL

ROMAN

EDITION NAUTILUS

Edition Nautilus GmbH
Schützenstraße 49 a
D - 22761 Hamburg
www.edition-nautilus.de

Originalveröffentlichung
Erstausgabe August 2016
Umschlaggestaltung:
Maja Bechert, Hamburg
www.majabechert.de
Druck und Bindung:
CPI books · 1. Auflage
ISBN 978-3-96054-014-4

»Wir sind voller Dinge,
die uns nach außen stoßen.«
Pascal

# 1.

Nicht gleich übertreiben, hätte Thilo gesagt, wenn er sich so liegen gesehen hätte, dort, unter seiner Skulptur in einer eher unnatürlichen Haltung. Er hätte, wenn er sich so liegen gesehen hätte, selbst nicht gewusst, ob er noch lebte oder nur eine Haltung angenommen hatte, die an Leben erinnert, wenn auch vergehendes, die Leben letztlich nur imitierte. Wie die Wälder, durch die wir in unserer Jugend streiften, und die eigentlich keine Wälder waren, sondern ausgewachsene Schonungen, Jungbäume, denen man ihre Jugend nicht ansah, die knochig in die Höhe geschossen waren und geraden Wuchs und eben Wälder nur imitierten. Wir müssen da raus, hatte Thilo immer wieder gesagt.

Ich konnte nicht sehen, ob sein Gesicht abgedeckt war, als man ihn wegtrug, und selbst wenn ich gesehen hätte, dass es abgedeckt gewesen ist, hätte ich nichts daraus schließen können.

Und ich hätte die Skulptur nicht abfangen können, ohne mich selbst lebensgefährlich zu verletzen, wahrscheinlich auch nicht, wenn ich gewollt hätte, obwohl ich wie immer, wie fast immer, dicht hinter Thilo gestanden hatte. Vielleicht hätte ich ihre Fallrichtung etwas ablenken und damit verhindern können, dass sie ihn frontal erwischt. Vielleicht.

Vielleicht habe ich aber auch viel zu weit weg gestanden, und die Nähe war eben jene, von der ich dachte, sie wäre angemessen.

Es hatte mir so ein Ausfallschritt zur Seite genügt, um wenigstens mich in Sicherheit zu bringen. Und aus den Augenwinkeln hätte ich wahrscheinlich Kerstin erkennen können, die sich in der Menge der Ausstellungsbesucher langsam bewegte und Haltungen einnahm, als wollte sie die Skulpturen nachahmen.

Und wahrscheinlich hatte Thilo von meiner Anwesenheit gar nichts mitbekommen, obwohl ich direkt hinter ihm stand. Und auch Kerstin hätte mich nicht gesehen.

Die Bücher, die ich ausgeliehen hatte (Kunsttheorien, Philosophie), waren auf den Boden gefallen. Ich trug sie in einem derben Lederbeutel, so dass den Büchern nichts geschehen konnte. Fast nichts. Sie waren an den Ecken leicht angestoßen, maximal am Rücken etwas abgeschabt. Die Bibliothekarin jedenfalls nahm keinen Anstoß daran.

Ich habe die Bücher immer wieder, als hätten sie sich selbst samt Beutel losgerissen, verloren, denn ich hatte an jeder Barriere gescheut, Hindernisse, die Thilo anscheinend mühelos nahm. Mir waren sie zu hoch, der Anlauf unterbrochen. Und wenn ich vorm Bibliothekstresen stand und die Ausleihgebühren nachzahlte, saß Thilo längst, seinen Skizzenblock auf den Knien, an einem Teich im Park, betrachtete die Schwäne und die Passanten, und wie die Passanten die Schwäne fütterten.

Es handelte sich meist um den Schlossteich, ein Gewässer am Fuß einer kleinen Erhebung, die Schlossberg hieß, auf der sich kein Schloss befand, sondern neben der Schlosskirche Reste eines ehemaligen Klosters.

Vielleicht ist es ihm mit mir genauso gegangen. Er hat sich nie dazu geäußert, wie er sich überhaupt nie zu unserem Verhältnis geäußert hat, und vielleicht war er, als er ohne mich in Amerika landete, froh, einen Ballast, mich, los zu sein. Vielleicht hat er aber schon von dem Moment an, da er im Flugzeug saß, das ich von der Besucherplattform des Frankfurter Flughafens aus zu erkennen versuchte, keinen Gedanken mehr an mich verschwendet. Ich selbst aber stand auf der Besucherterrasse, als sein Flugzeug abhob, wie jedes andere Flugzeug auch dort am größten Flughafen Deutschlands startete oder landete. Landete, um zu pausieren und etwas zurückzulassen, das ihm zu schwer war oder zu sperrig, das es am zügigen Fortkommen hinderte. Jedes hob für sich ab, in engem Takt Minute für Minute, einzeln, obwohl die Jets sich in meiner Vorstellung nach ein paar hundert Metern auch zu einem Schwarm hätten zusammenschließen können. Wegsein war ihr gemeinsames Ziel.

Wiewohl ich behaupten kann, dass ich nicht nur ein Ballast für Thilo gewesen bin: Schließlich war ich es, der das Päckchen Schweißdraht gefunden hatte, aus dessen Inhalt die ersten Studien für Thilos spätere Arbeiten entstanden. Kleine gebogene Gebilde, von denen jene Dynamik ausging, die mich bewegte, ja erschütterte in ihrer Fremdheit.

Thilo formte mit wenigen Handgriffen etwas aus einem Stück biegsamen Stahls, das mir wie der Abdruck eines Außerirdischen vorkam, etwas, das jedenfalls nicht hierher gehörte. Das von einem Leben jenseits unserer Vorstellung zeugte. Wie auch ich nicht hierher gehöre, sagte Thilo, als ich ihm von meinem Eindruck erzählte.

Manchmal, wenn Thilo mir allzu schnell voranschritt, habe ich gehofft, derweil ich außer Puste war, er hielte inne, drehte sich um und schaute, wo ich geblieben wäre. Aufmunternde Worte habe ich mir gewünscht. Genau so. Aufmunternde Worte, auch wenn ich nicht weiß, welche Worte für mich aufmunternd gewesen wären.

Vielleicht gab es auch gar keine Worte für mich, auf die das Prädikat aufmunternd gepasst hätte. Vielleicht gab es ja nur Anfeuerungsrufe, wie: Los Alter, und: Komm schon! Und Thilo hat sich ja auch nicht umgedreht, höchstens einmal kurz über seine Schulter geblickt.

Wahrscheinlich war mein Zurückbleiben nicht der Anlass für diesen Schulterblick, und er hat nur versucht, seine Nackenmuskulatur ein wenig zu lockern, die durch das langwährende starre Geradeausschauen verspannt war. Ich aber habe gehofft, habe glauben wollen, er warte auf mich. Aber warten war seine Sache nicht.

Thilos Skulpturen kann man nicht bemalen, höchstens behängen, beklecksen, zerstören. Und in den verchromten Rundstählen spiegelt sich die Welt. Aber sie spiegelt sich nicht wider, wird nicht zum Abbild. Das, was sich in den glänzenden und gewölbten Oberflächen fängt, ist derart verzerrt, dass man es mit dem besten Willen nicht mehr erkennen kann. Und dieser Umstand verleiht den Skulpturen ihre Leichtigkeit und ihre Dynamik, die (zugegeben) durch das Statische der Gegend noch mehr verstärkt werden. Die Gebilde bleiben Fremdkörper, aber die Landschaft verändert sich durch sie. Sie tritt in Aktion, will sie nicht aufnehmen und scheint an ihnen abzuprallen und schlimmstenfalls verödet neben ihnen liegen zu bleiben. Neben Thilos Skulpturen gibt es nur Erosion und Verfall. Und wenn das Spiel des Sonnenlichtes sich in den Oberflächen der Rundstähle reflektiert, stellt es eine Beziehung zum Himmel und zum Wolkenzug her, und die Arbeiten bekommen etwas Ziehendes, Ortloses, das ihrer physischen Schwere entgegensteht.

Komm schon, Schroth, hatte Thilo tatsächlich manchmal gerufen, jedenfalls meinte ich, diese Worte zu hören. Er hatte es gerufen, ohne seinen Schritt zu verlangsamen. Komm schon, könnte es geheißen haben (wenn ich die Töne richtig interpretiere, die von weiter vorn kamen).

Ich komm ja schon, rief ich hinter ihm her, und es war, als hätte ich gegen den Wind gebrüllt. Immer kleiner schien mir Thilos Körper zu werden. Immer kleiner, er schien immer mehr zu verschwinden in einer Gegend, die meine werden sollte und durch dieses Verschwinden immer unwirklicher zu werden drohte.

Ich blieb auf einer Besucherterrasse zurück, obwohl ich in dem Land, das Thilo verließ, ja zum Inventar geworden bin oder es immer schon war, etwas, das zurückblieb und einwuchs, mit der Gegend verwuchs, der Architektur, und vielleicht für den, der von irgendwoher zurückkehrte, gar nicht mehr zu erkennen war als hinzugekommen. Ein

Fremdling vielleicht, aber bestens getarnt. Vom Besucher wurde ich zum Stuhl, auf dem der Besucher sitzt oder neben dem er steht, weil er der Standfestigkeit des Stuhles nicht traut.

Ich werde ihn dieses Mal warten lassen (wenn er wartet), ich werde nicht mehr versuchen, ihn so schnell wie möglich einzuholen, und wenn ich den Rest meines Lebens auf diesem Hof verbringe, an diese Mauer gelehnt, die die Sonnenwärme gespeichert hat.

Ich werde ein Erinnerungsregister anlegen, eine Bibliothek, verzeichnen, kategorisieren, und das Leben in den Griff bekommen, wenigstens das vergangene, jetzt und hier in diesem bei Tag so überschaubaren Hof hinter dem Haus meiner Mutter.

## 2.

Wenn es mir gelingt, könnte ich diesen Sessel, der übrigens um einiges unbequemer ist, als ich noch vor Stunden gedacht habe, ich könnte ihn endlich zurückstellen zu den zerschlissenen Matratzen und kaputten Fernsehgeräten.

Dann, kommt es mir vor, könnte ich eingreifen, könnte etwas verändern, retten gar, was längst hinabgetrieben ist. Aber nur für einen kurzen Moment; und die Luft am Abend wird kühler, wie immer. Doch dass es zum Regnen kommt, glaube ich nicht.

Kleinigkeiten, Dinge, deren Bestand von so geringer Dauer ist, dass sie verschwinden, während man ihren Namen ausspricht. Sie bilden Barrieren. Barrieren, die ich umgehen musste, die meinen Weg bestimmten, die ihm eine Form gaben, weit weg von meiner Vorstellung des Weges und jenseits des Zieles, welches wir, Thilo und ich, angepeilt hatten, und dem Thilo sich, und nur er, wie mir scheint, auf einer Geraden näherte.

Nennen wir es Amerika, nennen wir es Kunst. Ein Ziel jedenfalls fernab von jeder Erfahrung, von unserer Erfahrung.

Ich selbst habe ihm die Umwege abgenommen. Und ich habe im Osthafen an Trägern und Schrauben manipuliert, so dass Thilos Skulptur kippen und ihn treffen konnte, nicht musste. Denn ich konnte ja nicht wissen, wo Thilo stehen würde, in jenem Moment, da sie fällt. Ein Unfall.

## 3.

Über die Klingelanlage des Hauses, das ich in Frankfurt bewohnte, und das ich jetzt für immer verlassen habe, um hier hinter dem Haus meiner Mutter zu sitzen, hatte jemand, kurz bevor es passierte, mit rostrotem Lack einen Paviankopf gesprüht. Der Affe sah missmutig aus, fletschte die Zähne, die Augen hatte er katzenhaft zusammengekniffen.

Einige Zeit vorher noch hätte ich das Graffito betastet, an ihm gerochen und bei frischer Farbe gehofft, dass mir irgendjemand etwas hatte mitteilen wollen, so wie wir uns in der Schulzeit gegenseitig kleine Zettel in die Taschen gesteckt hatten. Keine einfachen Worte, kryptische Zeichen, Kritzeleien. Botschaften, für deren Entschlüsselung der Empfänger stundenlang hatte brüten müssen, für die man über ein Wissen verfügen musste, das in der Schrift keine Entsprechung fand, ein Wissen, das ohne ein geschriebenes Wort auskommt, das »direkt aus dem Leben sich ergibt«, das heißt, unmittelbar ist.

Wären wir gläubig gewesen, hätten wir von Erleuchtung gesprochen. Aber wir waren nicht gläubig, und bei Erleuchtung kam uns nicht Christus in den Sinn, sondern der Weihnachtsbaum, den wir, Thilo und ich, mit Kochlöffeln und Garnrollen behängten. Wir fanden das witzig.

Aber man kann die Dinge nicht einfach in die Texte kleben. Der Abguss als Zeichnung. Es war ein Dakerwissen, denn auch dieses Volk kannte die Schrift nicht, aber Chiffren, die dem Außenstehenden nur Strichmännchen waren oder eben gebogener Draht. Als sei die Stadt in ihrer Gänze auf mich bezogen gewesen, als sei sie meine Behausung gewesen, ein mittelalterlicher oder noch älterer Kosmos voller Ahnungen und Ahnen und keine vorübergehende Zufluchtsstätte, überdeckt nur von Bahngleisen und Ausfallstraßen. Ein Verkehrsstern, der anzog, oder die Fliehkraft einer Wäschetrommel. Obwohl Frankfurt mir genau Letzteres war.

Aber wie soll man das wissen, bevor man einen Ort (für immer vielleicht) verlässt. Und wäre ich damals aus dieser Stadt verschwunden, dann ohne etwas zurückzulassen, ich wäre spurlos verschwunden. Inzwischen sehe ich in den Wandbildern und Graffiti nur noch jene Zufälligkeit, die auch in den Formen der Wolken liegt.

Im Treppenhaus roch es nach Urin, und ich war darauf gefasst, den Junkie zu treffen, der für gewöhnlich unter der Kellertreppe saß, sich ein Schienbein bandagierte und der nie auch nur den Kopf hob, wenn ich den Hausflur betrat. Ich überlegte, wie immer, ob ich ihn grüßen sollte. Gewissermaßen gehörte er ja zur Hausgemeinschaft, und sogar die alte Frau Elfen, die im Erdgeschoss wohnte, hatte es schon lange aufgegeben, nach der Polizei zu rufen und ihn entfernen zu lassen. Er kam ja doch immer wieder, saß unter der Kellertreppe, kochte sein Heroin in einem kleinen Löffel aus Aluminium über einer Haushaltskerze und stank.

Du denkst überhaupt zu viel, ein Kommentar aus meiner Jugend, dabei hatte ich noch gar nicht angefangen zu denken. Mit alten Gesellschaften ist es wie mit altem Wein, es bildet sich ein Bodensatz, der in der Flasche bleibt, während das dekantierte Gut umso edler ist. Vulgärsoziologie! Und wer waren die Edlen, kurz vor dem Verschwinden?

Ach, Herr Schroth, sagte Frau Elfen, als ich mit einer Tüte Lebensmittel unter dem Arm hereinkam. Was soll man tun, Herr Schroth? Und mir war, als hätte sie schon eine Weile so gestanden und den Platz des Junkies betrachtet. Irgendwann würde Frau Elfen ihm eine Schüssel Milch unter die Treppe stellen, mit Weißbrotstücken darin wie für eine Katze.

Der Junkie war nicht da, diesmal nicht, nur sein Geruch hing im Haus. Dieser Gestank, der in die Wände eindrang, in die hölzernen Treppenstufen und den Deckenputz und der auch der Zugluft trotzig widerstand, ein Geruch, der die Form des Hauses angenommen hatte und wahrscheinlich noch da sein würde, wenn der Junkie selbst schon lange an einer Überdosis gestorben und das Haus abgerissen wäre.

Denn dieser Geruch würde sich auch ohne das Haus hier erhalten, als leise stinkender Abguss, als Geruchsskulptur, und man würde die Umrisse des ehemaligen Hauses abschreiten können, indem man an ihnen entlangschnüffelt. Hundebesitzer werden sich einst über das merkwürdige Verhalten ihrer Tiere an dieser Stelle wundern. Und die werden eine neu angelegte Grünanlage nur widerwillig betreten.

Einmal, vielleicht nur einmal im Leben würde jeder von uns etwas hinterlassen, dachte ich, etwas, das die Nachfolgenden wahrnehmen, riechen, betasten oder betrachten und wenn überhaupt, dann nur mit Mühe entschlüsseln könnten. Und ich beschloss, den Junkie zu grüßen, wenn ich ihn das nächste Mal sähe. Vielleicht haben wir alle nur diese eine einzige Chance, uns in so etwas wie ein materielles Gedächtnis dieser Welt einzuschreiben. Und vielleicht war ja der Fußabdruck in der Garageneinfahrt meines Vaters das, was ich hinterlassen sollte.

Dieser unachtsame Tritt in den noch nassen Beton. Größe fuffzich, hatte ein Nachbar gesagt, da kannste die Suppe gleich reinschütten, und die Garagenbauergemeinschaft hatte sich nicht die Mühe gemacht, meinen Fehltritt auszugleichen. Er hatte über die Jahre Moos angesetzt, das bei jedem Regenschauer ergrünte.

Ich denke, dass die Nachfolgenden das Vergangene der unabänderlichen Natur zuschlagen oder irgendeiner Objektivität, es mystifizieren und stolz darauf sind, nicht an Geister zu glauben. Warum auch? Es hat so kommen müssen. Dieser Satz, den ich immer wieder hörte, von Freunden und von Verwandten. Es hat so kommen müssen. So und nicht anders, und weil die Geschichte ja bereits fortgeschritten war, ist dieser Satz nicht zu widerlegen. Und der Vorwurf, der leise Vorwurf, der in diesem Satz liegt, oder aber die Resignation, die mitschwingt, wird einem zum ständigen Begleiter.

Der Uringestank jedenfalls trieb mir die Tränen in die Augen, und ich hielt mir ein Taschentuch fest vor die Nase. Das nützte wenig, also nahm ich immer zwei Stufen auf einmal, als ich in meine Wohnung hinaufrannte, und ich achtete kaum auf die ehemals hellbraune Prägetapete, die die Hausverwaltung vor Jahren im Treppenhaus hatte anbringen lassen, als ihr plötzlich der rohe Putz an den Wänden ein Dorn im Auge gewesen sein musste. Seit ich hier wohnte, war niemand mehr ein- oder ausgezogen, und da keiner größere Möbel über die Treppe gewuchtet hatte, war die Tapete fast unbeschädigt geblieben. Ihr fehlten die Risse und Schrunden, die Tapeten in Mietshäusern und die Rücken wild lebender Elefanten auszeichnen, zumindest die in jenen Häusern, in denen die Bewohner ihre Naturholzbetten und Second-Hand-Küchen selbst in die Wohnungen trugen oder von nahen Angehörigen tragen ließen.

Nur verblasst war die Tapete, stockfleckig, und garantiert war sie bis in die oberen Etagen vom Geruch des Junkies durchtränkt. In meinen Augenwinkeln trieb sie dahin wie ein Film, den ich schon tausend Mal gesehen hatte und dessen Inhalt über die Jahre zu phosphoreszierenden Farbflecken zerflossen war.

Ich betrat mein Apartment, wie ich die Wohnung nannte, weil sie mir von einem durchtriebenen Makler so vorgestellt worden war, ein Ausdruck, den ich vorher nur aus amerikanischen Filmen kannte. Ich hatte mich immer gefragt, was ein, mein Apartment von einer wirklichen Wohnung unterschied. Wahrscheinlich dass es keinen Flur gab. Vorsaal, wie meine Verwandten den Flur nannten, noch den kleinsten fensterlosen Raum nannten sie so, weil er eine Flurgarderobe hatte. Mein Apartment hatte einen Flur, der nur einer Person Platz bot.

Die Türen mussten geöffnet bleiben, wenn man sich darin den Mantel an- oder auszog, und sie mussten geschlossen werden, um den Mantel an den Haken zu hängen, der sich hinter der Tür zum Wohnbereich befand. Und wenn Kerstin bei mir war, wenn wir gemeinsam kamen, traten wir einzeln durch diesen Flur, wie durch eine Dekontaminierungsschleuse.

Ich betrat also mein Apartment und stutzte. Ein mir vollkommen unbekannter Geruch lag in den Räumen. Etwas Öliges, etwas Rußiges hatte sich festgesetzt und den Duft der Zwiebeln verdrängt, der sich sonst vom Rauchabzug der Küche her ausbreitete, und an den ich mich über die Jahre gewöhnt hatte.

Natürlich war niemand hier, aber ein Fenster war zu Bruch gegangen. Ein Stein hatte es zerschlagen und lag nun faustgroß mitten auf dem mausgrauen Teppichboden, zwischen all den Rotwein- und Wasserflecken, die sich dort versammelt hatten. Mich fröstelte, und für einen Moment hatte ich den Eindruck, mitten auf der Straße zu stehen. In der Ferne verklangen Sprechchöre, und meine Arme kamen mir wie untergehakt vor.

Polizei, SA, SS. Deutsche Polizisten, Mörder und Faschisten. Nie, nie, nie wieder Deutschland. Unwillkürlich begann ich ein Lied zu singen, dessen Melodie den Sprechchören unterlegt war und dessen einfacher Text mich immer gerührt hatte. ... unter den Menschen und unter den Tiern. Es war das Paradies. Der Traum ist...

Der Stein hatte keinen großen Schaden angerichtet, nur das Modell, das mir Thilo auf dem Rhein-Main-Airport zum Abschied geschenkt hatte und das seitdem auf meinem Schreibtisch stand, um mich an irgendeine Aufgabe zu erinnern, die ich lange vergessen hatte, war zu Boden gegangen, aber natürlich nicht zu Bruch. Es schien sich sogar langsam vorwärts zu schieben, in unmerklichen

Bewegungen schob es sich auf dem Teppichboden auf den Tisch zu.

Unter meinen Füßen knirschte es, als ich hinging. Ich betrachtete das Modell lange, drehte es in meiner Hand, sah, wie sich das Licht in ihm brach, ich betrachtete es, als sei es gerade einem Attentat entgangen. Ich wiegte es ein wenig und hoffte, dass es nicht die Pflanzen des Freundes waren, an die es mich erinnern sollte. Aber wer wandert schon aus und lässt einen Gummibaum zurück? Ich selbst hatte meiner Mutter einen alten Fahrradrahmen hinterlassen, der ihr den Keller versperrte.

Eine Hinterlassenschaft ohne Sinn. Die Wohnung meiner Mutter war inzwischen fernbeheizt, und auch sonst hatte sie keinerlei Grund, über meinen Fahrradrahmen hinweg in den Keller zu steigen. Ihre Wohnung hatten wir noch entrümpelt, bevor ich wegging, und außer diesem Rahmen der Firma Wanderer alles weggeworfen, was nicht mehr gebraucht wurde.

Ich sammelte meine Notizblätter ein, die der Wind vom Schreibtisch geweht hatte und die nun überall im Zimmer verstreut lagen, und schichtete sie zu einem kleinen Stapel. Dabei versuchte ich mehrmals vergeblich, sie ordentlich auf Kante zu legen. Das Papier riss am Rand, wenn ich damit auf die Schreibtischplatte klopfte, es war einfach zu alt.

Schließlich legte ich die Blätter, so wie sie waren, neben den Computer. Ein unansehnliches Häuflein vergilbtes Papier. Dem Impuls, es in den Papierkorb zu stopfen, folgte ich nicht, das habe ich später erledigt. Vorerst benutzte ich das Modell als eine Art Briefbeschwerer.

## 4.

Die Erinnerung lässt mir die Ereignisse plastisch werden. Ich sehe, wie ich stolpere, sehe, wie Thilos Skulptur kippt, und möchte plötzlich laut ausrufen, dass Thilo, den ich in Gedanken vor mir habe, aufpassen soll. Doch dieser Satz bleibt mir noch immer im Halse stecken.

Wenn ich also etwas bei meiner Mutter zurückgelassen habe, dann war es die Vorstellung von mir als Freund Thilos.

## 5.

Er ist von Frankfurt aus nach Amerika geflogen, und meine Mutter dachte, *wir* sind geflogen. Beide. Und würden uns alles ruinieren in diesem fernen, fernen Land, wo die Amis lebten und Indianer unterdrückten, ungesunden Tabak rauchten und in einem fort Whisky tranken. Thilo und ich. Und im Stillen wird sie gedacht haben, Thilo hätte mir das alles eingebrockt.

Sicher hat sie mit vorwurfsvollem Gesicht hin und wieder vor der Tür von Thilos Eltern gestanden. Wenn sie aber geklingelt hätte und Thilos Vater hätte geöffnet, sie hätte nicht gewusst, was sie sagen sollte, und ihr Vorwurf wäre einer stillen Trauer gewichen. Sie hätte am Küchentisch einen Kaffee getrunken und eine Weile mit Thilos Eltern geschwiegen. Thilos Eltern, die, an die Arbeitsplatte gelehnt, meine Mutter beobachteten, während sie auf einem Küchenstuhl aus Aluminium und Sprelacart saß.

## 6.

Ich habe Versuche unternommen, Mutter zu schreiben, ich habe versucht, mich zu erklären, mein Fortbleiben zu erklären, habe extra Briefpapier gekauft, von dem ich vermutete, es könnte meiner Mutter gefallen. Eierschalenfarbenes Papier und eierschalenfarbene Umschläge. Oben rechts in den Bögen war ein Wasserzeichen. Eine schreibende Hand, deren Abbildung sich auch auf dem Futter der Kuverts fand.

Ich erinnerte mich daran, dass meine Mutter, wenn sie ein Geschenk suchte und ihr keines einfiel, immer in einem Schreibwarenladen in der Hauptstraße, die Straße der Nationen heißt, ein Briefpapier kaufte. Auch mir hat sie einmal welches geschenkt. Fliederfarben mit Wasserzeichen. Ich habe es nie benutzt.

Unzählige Briefanfänge hat es gegeben. Liebe Mutter, Mutter, Meine liebe Mutter, Mutti.

Und Thilo war in Amerika. Kein Anfang!

Was hätte ich meiner Mutter also schreiben sollen? Ich schreibe Dir, weil ich Dir nichts zu berichten weiß, das noch Bestand hätte, wenn mein Brief Dich erreicht. Hier ist es so und so. Wenn ich aus meinem Fenster schaue, sehe ich Häuser, ganz wie zu Hause. Deutsche Häuser, etwas höher allerdings. Und auch hier trinkt man Whisky und raucht texanische Zigaretten.

Thilo sitzt irgendwo in Amerika, auch zwischen Häusern wahrscheinlich. Aber er raucht nicht, hat nie geraucht und wird auch in den Staaten nicht damit beginnen. Thilo ist keiner, der sich zugrunde richtet.

Mit dem Studium, das ich in Frankfurt aufgenommen habe, um die Zeit zu überbrücken, komme ich gut voran. Mutter, mache Dir keine Sorgen. Dein Sohn.

Der Papierkorb quoll über.

Vielleicht ist das, was wir Freundschaft nennen, etwas, das nur wie Freundschaft aussieht, eine zufällige Begegnung, den Gesetzen der Physik geschuldet, die wir so lange vor uns hin formulieren, bis sie einen Sinn ergibt, eine Bedeutung erhält, eine Funktion. Weil wir den Zufall nicht ertragen können und weil wir es nicht ertragen, dass etwas, das uns betrifft, den Gesetzen der Physik folgt, weil wir uns in unseren Bewegungen erkennen wollen, es uns nicht eingestehen können, die Schatten der Dinge mit Spiegeln verwechselt zu haben.

Seit unserem ersten Treffen auf dem Schulgelände war mir klar, dass Thilo mein Freund werden musste. Dass wir verbunden sein mussten. Und wenn er meine Stahldrähte zu Bewegungsmustern bog, saß ich ein wenig abseits in seinem Zimmer (keine Bücher, nur Zeichnungen an den Wänden, die alle von ihm waren, bis auf eine, ein Zeitungsausriss, irgendeine Studie der Bewegung eines Tänzers, Thilo wusste auch nicht mehr genau. Klee wahrscheinlich, sagte er, gefällt mir), und ich sah ihm zu, sah dem Schweißdraht zu, der unter Thilos Händen die Form erhielt, eine Form, mit der ich mich identifizierte. Das war ich, denn das konnte ich nicht sein. In dieser Figur begegnete ich der Fremdheit, mit der ich mir selbst begegnete.

Ich suchte Thilos Nähe, und Thilo ließ es zu. Er ließ mich zuschauen, wenn etwas Statisches in seinen Händen einen dynamischen Ausdruck gewann. Aber er nahm mich dabei nicht wahr. In seinem Zimmer, bei der Arbeit, war ich für ihn schlicht nicht vorhanden. Er brauchte meinen Rat nicht. Oder ich war vorhanden wie die Tür, wie die Bettdecke, unachtsam am Fußende des Bettes zusammengeknüllt, auf dem Thilo saß. Unbrauchbar bis zum Abend. Aber ich störte auch nicht weiter. Ein Zustand, in den ich mich nur langsam fügen konnte.

Hatte Thilo eine Arbeit beendet, verließ er das Zimmer, ging an mir vorbei zur Tür und trat ins Freie wie in einen anderen Kosmos. Sah er mich dann kurz nach ihm aus der Tür treten, war er einen Moment lang verstört. Lächelte aber bald, kam auf mich zu und zeigte mir sein Produkt, das ich zwar kannte, das ich aber außerhalb seines Zimmers zuerst einmal wie etwas Fremdes wahrnahm.

## 7.

Zassi, ein Frankfurter Kommilitone, weigerte sich lautstark, auf einem Sofa Platz zu nehmen, das im Philosophencafé stand und die Horkheimercouch hieß. Sein Geschrei ließ die Studenten zusammenströmen, die sich zu diesem Zeitpunkt in der Frankfurter Dantestraße 4-6 befanden. Aus Sorge, aus Angst oder auch nur aus Neugier. Eine Zwangshandlung, die wie jede Zwangshandlung zu nichts führe, sollte Zassi später bemerken, als wir schon lange Freunde waren und ich ihn darauf ansprach.

Auch ich hatte im Philosophencafé gestanden, mit einer Laugenbrezel direkt am Tresen. Eine Zwangshandlung, Zassi war sich ganz sicher, eine Handlung also, wie sie gerade in Frankfurt in verschiedenen Zusammenhängen immer wieder beschrieben wurde. Am Grad der ermüdenden Entrüstung bemesse sich der Grad der Unfreiheit einer Gesellschaft, sagte Zassi.

Das besagte Sofa hatte angeblich einmal in Horkheimers Arbeitszimmer gestanden. Vielleicht sei der Denker gerade dort, auf dem Sofa liegend, die Schenkel gekreuzt, die Hände hinter dem Kopf verschränkt, in seinen Katholizismus zurückgekehrt, sagte Zassi, und der Kaffee in den Tassen der Kommilitonen bildete Wellenkreise; er wollte wohl unbedingt vermeiden, dass ihm auf der gleichen/selben Couch das Gleiche/Selbe widerfuhr.

## 8.

Wir waren, weil ein Regenschauer niederging, unter einer Platane stehen geblieben, wollten das Gröbste abwarten, als Zassi zwischen all dem Moos und angelegten Grün plötzlich zu sprechen begann; hier im Grüneburgpark konnte sich seine Stimme frei ausbreiten, ohne durch Zimmerwände aufgefangen, zurückgeworfen und damit verstärkt zu werden; im Freien war sie etwas, wovon keinerlei Gefahr ausging, ein Hauch nur, eine vage Erinnerung an jene Gewalttätigkeit, die ihr in geschlossenen Räumen innewohnte.

Die stillschweigende Abmachung, im Park nicht zu sprechen, war ein Gelübde, das Zassi nun und anscheinend grundlos gebrochen hatte, denn das, was er mir sagte, hätte er auch am Telefon sagen können. Wahrscheinlich spekulierte er aber darauf, dass ich im Park seiner Rede zuhörte, ohne etwas zu erwidern. Und ich wusste nicht, ob ich darüber froh sein sollte; ein wenig erleichtert war ich schon, denn auch ich würde von nun an nicht mehr an mich halten müssen. In meinem Kopf bildete sich schon so etwas wie ein Wortfall, in dem sich das Aufgestaute der letzten Jahre einen Weg suchte, sich über meine Lippen und über Zassi ergießen würde, wie ein Fluss, der bei Hochwasser in sein natürliches Bett zurückkehrt, das neben dem begradigten Strom liegt, und alles fortreißt, was jenseits der Kanäle steht und nicht befestigt ist, Wäscheständer, Autos, Kinderwagen, Mülltonnen und unvorsichtige Menschen.

Wir waren nicht gemacht, um zu schweigen. Beide nicht. Erst einmal aber sprach Zassi, und ich hörte ihm ein wenig unkonzentriert zu:

Zassi erklärte, dass er seine Erinnerungen nun in eine lexikalische Ordnung bringen wolle, denn nur so erhielten sie die Form, in der er sie lenken und beherrschen könne. Von A bis Zett, ein Erinnerungsregister. Eine altertümlich anmutende papierne Datei.

Ich musste näher an ihn herantreten, weil Zassi sehr leise sprach, als nähme er die Geräusche des Regens gar nicht als Störgeräusche wahr, die er zu übertönen hatte. Er schien auch hier draußen, wenn er sprach, nichts zu hören als seine eigene Stimme, und er schien ihrer Kraft zu vertrauen.

Vielleicht aber wollte er auch, indem er mich zwang, mich voll und ganz auf seinen Wortklang zu konzentrieren, die Bedeutsamkeit seiner Worte unterstreichen. Denn sein Sprechen war kein sanftes Flüstern mehr, eher ein Zischen, und er presste die Worte mit Hochdruck heraus. Er habe, zischte Zassi, nachdem er seinen Blick neu justiert hatte, zum ersten Mal im Leben das Gefühl, sich kontrollieren zu können, denn das Vergangene sei ihm bislang fest und unverrückbar erschienen; im Archiv aber, das habe er nun gründlich erfahren, verliere es all seinen Schrecken, weil es dort zu wechselnden Mustern sortiert werden könne. Aus der Vergangenheit werde auf diese Weise eine mögliche Zukunft.

Jahrelang sei er des Nachts schweißgebadet aufgewacht, weil er sich im Traum dabei beobachtet hatte, wie er eine russische Maschinenpistole zerlegte, säuberte und wieder zusammensetzte, um anschließend in kurzen Feuerstößen auf ein ihm unbekanntes Ziel zu feuern, ein Ziel, das sich außerhalb seines Gesichtskreises befand, von dem er also keine Vorstellung haben konnte, weder in welcher Entfernung es lag, noch aus welchem Material es bestand oder worum es sich überhaupt handelte. Es war ein Ziel, das nur an den Feuerstößen erkennbar war, die auf es abgegeben wurden.

Und er hatte sich immer darüber gewundert, dass er nur jenen Bildausschnitt sah, in dem er sich im Traum selbst aufgehalten hatte, wie auf einem Fernsehschirm, auf dem man sich gerade aus dem Bild heraushuschen sieht. Für einen Moment lang hatte er sogar Angst, dass er unter der Fernsehkrankheit leide, mit der seine Mutter ihm in der Kindheit drohte, wenn er nicht aufhören wollte fernzusehen. Sie hatte ihm nicht erklärt, welche Symptomatik diese Krankheit begleiten würde, außer dass man eckige Augen davon bekäme, aber das hatte er schon damals nicht geglaubt.

Seine Albträume seien nun endgültig vorbei, sagte Zassi in das Restrauschen des Regens hinein, und die Karte »Mi« stehe für Militärdienst und berge zwar eine Menge unangenehmer Erinnerungen, aber keine, die ihn noch erschrecken könnten.

Das Regenwasser suchte sich langsam, Blatt für Blatt, einen Weg, und als uns die ersten Tropfen erreichten, war die Umgebung patschnass. Der Schauer jedoch war bald vorüber, und wir konnten trockenen Kopfes den Bannkreis des Baumes verlassen.

Kaum hatten wir uns einige Meter entfernt, fuhr ein Windstoß in die ausladende Krone, und die Blätter schüttelten alles Wasser ab.

## 9.

Was mich bedrängt, bedrängt mich auch oder gerade, wenn es in Reihen aufmarschiert, und nichts wirkt bedrohlicher als die staubigen Gänge eines Archivs. Und wahrscheinlich ist es purer Zufall, dass Zassis Träume gerade in jenem Moment ihre Inhalte wechselten, als er die Mi-Karte angefertigt hatte, aber dieser Umstand hatte ihn dazu veranlasst, ein Prinzip daraus zu entwickeln. Die Eindrücke verhindern den Ausdruck, für einen Moment jedenfalls verdrängten sie die Schatten, die sie selbst eines Tages werfen werden. Darüber hinaus speist sich mit Fortdauer der Zeit alles Leben mehr aus Erinnertem als aus Erlebtem. Ein Umstand, der zwar dem Wort Leben widerspricht, aber nicht dem Sachverhalt meines Daseins.

Laut Freud vergessen wir nichts, demnach sind unsere Hirne Erlebnisspeicher, und das Vergangene nimmt von Tag zu Tag in dem Maße zu, wie das Kommende abnimmt. Gottlob verfügen wir nicht über eine Füllstandsanzeige des Hirns, auf dem Inneren des Augenlids etwa. Es gelingt mir zunehmend besser, unauffällig zu bleiben.

Anfangs haben die Kinder des Hofes, auf dem ich jetzt sitze, weil meine Bewegungsfähigkeit erheblich eingeschränkt ist, noch Bälle nach mir geworfen oder mich nach der Uhrzeit gefragt. Mittlerweile gehen sie an mir vorüber wie an den Bäumen und Büschen, die das Grundstück säumen.

Mit den Erlebnissen schwindet die Notwendigkeit, sich zu bewegen (oder ist es umgekehrt?). Ich werde jedenfalls mehr und mehr zum Inventar einer Welt, die der Erlebnisraum für andere ist, deren Erinnerungsspeicher nur mäßig gefüllt scheint.

Somit nimmt das Leben nicht ab, und es vergeht nicht. Es verändert sich nur das Mischungsverhältnis von Erlebtem und Erinnertem, und irgendwann wird alles enden, so abrupt wie alles begann. Meine Erinnerungen kommen in ihrer je eigenen Folge in einem Modus, den ich nicht durchschaue, den ich wahrscheinlich aus Angst vor Langeweile auch gar nicht durchschauen will.

Zassi hingegen benutzt jene kleinen Karteikarten, die er mit einigen wenigen Stichworten versehen hat. Die Kärtchen würden in ihm die entsprechenden Bilder auslösen, erklärt er, er müsse sich nur immer aufs Neue für eine Erinnerung entscheiden. Was, wie ich meine, den Zufall nicht ausschließt.

Auf einem von Zassis Kärtchen stand nur das Wort »Vater« in einer merkwürdig krakeligen Schrift, als seien ihm bei der Beschriftung die Emotionen durchgegangen. Dabei war er im Grunde gefasst, ein ruhiger Mensch, der Emotionen nicht über Gebühr zutage treten ließ. Die Momente, in denen er explodierte, waren an einer Hand abzuzählen und hinterließen nur kleine Spuren in mir.

Ich glaube, dass ich selbst einen derart unsicheren, ja geradezu ataktischen Strich wie Zassi auf dieser Karte nur führte, wenn ich im Russischunterricht kyrillische Lettern benutzen musste, deren Bedeutung mir letztlich im Nebel lag. Zumal ihre zusammengesetzten Klänge eher eine kakophonische denn eine wörtliche Qualität hatten. Vielleicht ist es ja so, dass das Schaudern, das sich unsereinem zumeist in die Stimme legt, sie weich und weinerlich werden lässt, während wir immer noch über eine sichere Unterschrift verfügen, bei Zassi nur die Hand zittern ließ.

Meinen Einwand, es handele sich bei dem Wort »Vater« um einen eher abstrakten Begriff, ein Wort also, das jeder für sich bestimmen und benutzen könne, ließ er als Einwand nicht gelten. Zwar habe jeder einen Vater, könne sich aber nur an den je eigenen Vater als Vater erinnern. Die Väter der Anderen blieben immer die Väter der Anderen oder einfach fremde Männer. Somit stehe der Begriff wie jeder Begriff einem Erfahrungsschatz gegenüber, der mit ihm nicht in Einklang zu bringen sei.

Das, was der Philosoph Adorno, der auch Musikwissenschaftler und Soziologe war, als das Nichtidentische bezeichne, sei zuallererst ein Überstehendes. Adorno meinte damit, dass der Begriff, das Wort also, das sich der Welt, des Gegenstands versichert und ihn erklären soll, immer zu kurz greift und das, was es erfassen will, niemals ganz zu fassen bekommt. Er, Zassi, frage sich aber, wer friere, wenn das Hemd zu kurz sei, etwa das Hemd?

Und er würde den Vater seines früheren Freundes Nico jedenfalls nie als Vater, sondern nur als Herrn Lenk bezeichnen. Für ihn bliebe dieser Mann, was er für ihn immer schon war, nämlich Herr Lenk, so wie er für Nico immer der Vater oder, wenn man so wolle, Vati bliebe.

Wenn man also den Begriff Vater gebrauche, dann im Sinne eines Eigennamens. Somit sei die Karte, wie im Übrigen alle anderen auch, universell, erzeuge aber eine je individuelle Erinnerung. Und er habe schon überlegt, mit einem solchen Erinnerungskartenset in den Handel zu gehen. So verschieden seien die Menschen nämlich nicht. Dann müsse er aber sauberer schreiben, sagte ich, und Zassi nickte und lächelte traurig.

# 10.

Bei einem unserer Spaziergänge durch den Grüneburgpark rutschte ihm einmal ein Stapel seiner Kärtchen aus der Sakkotasche. Die Erinnerungen lagen gewissermaßen im Dreck, der auf seine Weise ja auch Erinnerung war. Erinnerung an das Kompakte, woraus er sich gelöst hatte. Ich dachte das, sagte es aber nicht.

Als wir alle Karten eingesammelt hatten, kniete Zassi noch immer in einer Haltung am Boden, als würde er beten, und sortierte die Kärtchen mit einem vokalreichen Gebrumm. Mir war enorm kalt. Aber Zassi weigerte sich strikt weiterzugehen, bevor er nicht die ursprüngliche Ordnung der Karten, und somit die Ordnung seiner Erinnerungen, wiederhergestellt hatte.

Es reichte ihm nicht, die Sequenzen schnellstmöglich zusammenzuraffen. Er sei sich nicht sicher, sagte er mit einem leichten Stöhnen, ob ihm die Erinnerungen, die er bereits hatte und die demzufolge auch registriert waren, noch einmal kommen würden. Und wenn, dann würden sie vielleicht von ihrem ursprünglichen Inhalt abweichen. Bereits jetzt habe er einzelne Karten doppeln und mit Unternummern versehen müssen.

Dies spreche, sagte ich, gegen die Universalität der Karten. Quatsch, sagte Zassi, es hieße nur, dass jede Karte in ausreichender Anzahl vorhanden sein müsse, die Unternummern oder Indizes ließen sich vom Benutzer selbst schnell festlegen. Im Grunde könne man Einsteigersets und Kombisets für Fortgeschrittene anbieten.

Er selbst habe zum Beispiel drei Karten mit der Beschriftung »Einzug« angelegt, denn er erinnere sich zum einen daran, den Einzug ins neue Haus seiner Eltern mit seinem Onkel gefeiert zu haben, ein andermal aber tauchte der Onkel, der im Übrigen ein lauter, nicht zu übersehender Mensch war, nicht auf.

Das ergäbe zwei Kärtchen. Die dritte beschreibe jenen Moment, als er sich an die Erinnerung erinnerte, da sein Onkel zugegen gewesen sei, kurz nachdem er sie ohne seinen Onkel gehabt habe. Der Verlust einer Karte könne also den Verlust einer Erinnerung oder sogar eines Onkels bedeuten, und vielleicht würde ihm damit das Eigentliche, die Wahrheit nämlich, abhanden kommen. Auch wenn er sich nicht sicher sein könne, ob die bereits vorhandenen Erinnerungen alle Wahrheit enthielten. Er ginge doch lieber vorsichtig damit um.

Und bis er dieses Problem nicht gelöst habe, wäre an Handel überhaupt nicht zu denken. Und nur die hergestellte Ordnung ließe es zu, die Vollzähligkeit des Sets zu überprüfen. Es handele sich aber bei der Präfiguration des Sets im Kopf um eine gefühlsmäßige, also um eine recht konstante Größe.

## 11.

Außer den Schweißdrähten schleppte ich in der Abiturzeit noch allerlei Sachen herbei, von denen ich annahm, von denen ich hoffte, Thilo würde sie verwenden können. Ich versuchte mit seinen Augen durch die Stadt zu streifen, mir ein Sensorium zuzulegen, dass dem Seinen glich, mit meinem Blick wollte ich Thilos Arbeit antizipieren, gefundene Materialien hypothetisch zu seinen Werken werden lassen. Meist waren es kleine Metallteile, Bleche und dergleichen, aber einmal auch Weidenruten, die ich aus dem Baum in unserer Straße geschnitten hatte.

Bis auf den Schweißdraht lehnte Thilo alles ab, das ich ihm nahelegte. Nicht sofort natürlich, er betrachtete sie genau, befühlte sie, wog ab, testete ihre Konsistenz und gab sie mir dann zurück, er schüttelte dabei kurz den Kopf. Nichts ließ er gelten außer den Schweißdrähten.

Mit der Zeit wurde ich müde, die vielen Dinge herbeizuschleppen, die ich doch wieder entsorgen musste, aber einmal hatte Thilo mir eine Reclamausgabe von Klees Kunstlehre gezeigt. Ein druckfrisches Exemplar. Er zog es aus einem Stapel anderer neuer ungelesener Bücher und legte es vor mich auf den Tisch. Lies das, sagte er.

Und ich las und exzerpierte, während er Schweißdraht in Form brachte, und als ich Thilo nach einigen Tagen darauf ansprach, mich mit ihm verständigen wollte, fragte er nur: Und? Taugt's was?

Ich zuckte mit den Schultern, musste an die Dinge denken, die ich zugetragen hatte, zitierte dann aber einige meiner Meinung nach wichtige Stellen aus dem Kopf. Thilo hörte mir zu und nickte.

Und darüber, über dieses Nicken, meinte ich, meinen Platz gefunden zu haben. Meinen Platz an Thilos Seite. Thilo würde produzieren und ich seine Produktion gleichsam theoretisch untermauern, kommentieren, erklären, und durch mich würde sie, die mir so fremd vorkam, heimisch werden, wie auch ich in ihr heimisch werden würde. Durch mich würde Thilo zu wirken beginnen.

Wir waren gemeinsam nach Frankfurt gekommen, weil es besser so war. Und Thilo ging allein weiter, weil es besser so war, wie er sagte, und weil er nicht wusste, ob sein Onkel, der in Chicago Physikprofessor war und bei dem er würde unterkommen können, für uns beide hätte sorgen können.

## 12.

Ich saß im Stattcafé, als ich Zassi sprechen hörte, ich saß mit dem Rücken zu ihm, und er sprach von mir. In diesem Moment wurde mir klar, dass ich bald zehn Jahre in Frankfurt lebte, in einer Stadt, die mir trotz dieser Zeit immer noch neuartig und fremd vorkam, die das Fremde ständig zu sich hereinholte und somit ihren Bewohnern, also auch Zassi und mir, immer einen Schritt voraus war. Einzig Thilo war in der Lage gewesen, sich dem zu entziehen.

Es war, wenn ich meine Wohnung verließ, als beträte ich einen Supermarkt in einem anderen mir fremden Land, einen Raum voll wechselnder Farben und Gerüche; einzig das, was ich hörte, blieb sich gleich, dieses anhaltende leise Murmeln und Summen, aus dem sich kein identifizierbares Wort herauslöste. Plötzlich aber hob sich Zassis Stimme ab.

Dabei hatte die Stadt nichts Abschreckendes, wenn man den innersten Bezirk verlassen hatte, den Eingangsbereich gewissermaßen, in dem der Fremde mit außerordentlich offenen Armen empfangen wird, eine für manchen zu körperliche und vulgäre

Begrüßung. Man konnte sie genießen, wenn man sich vor einer Auslage mit zollfreien Produkten (Kaffeemaschinen, Rasierapparate, Butterflymesser) ein wenig erholt hatte, denn auch die Bordelle hatten, bei allem Verruchten und Verkommenen, das in ihren Fassaden hauste, einen gewissen Charme. Ich könnte angesichts dieser Stadt zwar nicht von Liebe sprechen, aber wer wollte das schon. Liebe hätte das Leben unnötig verkompliziert. Hier lebten die Pioniere der Dienstleistungsgesellschaft.

Zeit ist nicht nur als physikalisches Phänomen relativ, das wussten wir, Thilo und ich, schon als Kinder und hatten damit kokettiert, aber in jenem Café, als Zassi von mir sprach, kam mir das ganze Verhältnis zum ersten Mal wieder in seiner kompletten Tragweite zu Bewusstsein.

Zassi jedoch hatte meine Anwesenheit gar nicht bemerkt, oder er hatte keine Notiz davon genommen, wie ich auch, bevor ich ihn hörte, seine Anwesenheit nicht bemerkt hatte. Ich erkannte ihn lediglich an der Stimme und an dem, was er sprach, wozu ich letztlich einige Zeit benötigte.

Ich hatte mich, als ich mir sicher war, nach ihm umgedreht, einmal nur und ganz kurz, wie zufällig. Der Impuls aufzuspringen, zu ihm zu eilen und ihn zu begrüßen, war im selben Moment, da er aufkam, wieder verpufft, denn er sprach zu einer Frau in unserem Alter, die mich in Haltung und Blick an Kerstin erinnerte. Kerstin, die ich einmal geliebt und mit der ich ein paar Wochen verbracht hatte, einen Sommer lang zwischen zwei Semestern.

Kerstin studierte Jura. Dafür, schien es mir, hatte sie erstaunlich viel Zeit. Andere Juristen, die ich kannte, vom Sehen nur, waren immer gestresst, immer auf dem Sprung, von der Vorlesung zum Tutor, zum Essen und wieder zur Vorlesung. Ihre einzige Pause war es, wenn sie in der Bibliothek über merkwürdig eingebundenen Zettelsammlungen und Ringordnern saßen, die Texte lasen und leise fast lautlos memorierten. Kerstin war, soweit ich das überschauen kann, nie in der Bibliothek. Doch, doch, sie studiere wirklich Jura, sagte sie, als ich sie einmal danach fragte, und nahm eine Haltung ein, als säße sie über einer Sammlung von Gesetzblättern, machte virtuell Notizen und bewegte die Lippen. Bis sie, eine Erschöpfung vortäuschend, die Augen schloss. Schließlich sei schon ihr Vater Rechtsanwalt gewesen, hier in Frankfurt und hatte in Verhandlungen vor dem Arbeitsgericht Gewerkschafter vertreten. Sehr erfolgreich. Er sei der Beste gewesen in den Siebzigern und Achtzigern. Kerstin sprang von ihrem Stuhl auf und lief im Zimmer umher, gestikulierte stumm. Mich hätten allein diese Gesten überzeugt, wenn ich Richter oder Schöffe gewesen wäre, ganz egal, was der Gegenstand der Auseinandersetzung gewesen ist. Kerstin blieb stehen und sah mich mit einem Stolz an, der mich verunsicherte, weil ich nicht wusste, ob er sich auf ihren Vater oder ihre Performance bezog. Allerdings sei ihr Vater am Anfang der Neunziger in den Ruhestand gegangen, sagte Kerstin, und hatte das Angebot abgelehnt, im Osten eine funktionierende Arbeitnehmervertretung aufzubauen. Andere seien jetzt an der Reihe, war sein Argument gewesen, und er hatte sich in ein Reihenhaus in Bad Soden zurückgezogen. Dort kümmere er sich um den Garten und trauere seiner Frau nach, also Kerstins Mutter, die sie nie richtig kennengelernt hatte. Nein, gestorben sei sie nicht, sagte Kerstin, machte aber auch deutlich, nicht darüber reden zu wollen. Sie sei eben weg, verschollen, irgendwo abgetaucht.

War schön, hatte Kerstin gesagt, als sie ging, und ich habe lange am Fenster gestanden, habe beobachtet, wie sie zur Tram lief und nicht die S-Bahn nahm, wie sonst immer. Ich stand am Fenster nur in der Unterhose, die ich mir schnell übergestreift hatte, und dachte darüber nach, was das heißen sollte: War schön!

Mir wurde damals nur langsam klar, dass Kerstins Bemerkung in die Zukunft wies, und zwar in ihre Zukunft, indem sie einen Zeitraum als schön definierte, und mit diesem Schön eine Vergangenheit erst als Vergangenheit herstellte, eine Vergangenheit, der ich andauernde Gegenwart gewünscht hatte.

Sie hätte auch sagen können: Es ist vorbei. Aber das war ihr wahrscheinlich nicht tröstlich genug. Es ist vorbei, hatte ich dann gegen das Fenster gesagt, in dem sich mein Gesicht spiegelte. Und ich trainierte einen gleichgültigen Ausdruck, bis er mir egal war und ich mich nur noch an Kerstins Körper erinnerte, seinen Geruch, die Bewegungen, und wie sie morgens immer schnell aufstand, duschte und danach rauchte.

Die Frau, zu der Zassi gesprochen hatte, war auf keinen Fall Kerstin, denn dann hätte ich nicht in diesem Café gesessen, jedenfalls nicht mit dieser Ruhe. Ich hätte gezittert, wie ich immer in ihrer Gegenwart gezittert habe. Mein Kaffee wäre kalt geworden; ich hätte mir Milchkaffee bestellt, weil sie auch Milchkaffee bestellte und mit dem Löffel zuerst den Milchschaum abschöpfte, um dann vom Kaffee zu trinken.

Meinen Milchkaffee ließ ich jedesmal mit dem in sich zusammengesunkenen Milchschaum zurückgehen, weil ich noch zitterte und die Flüssigkeit verschüttet hätte, wenn ich versucht hätte zu trinken. Nein, nichts, der Kaffee ist okay, sagte ich auf ihr fragendes Gesicht hin zur Kellnerin und gab ein viel zu hohes Trinkgeld. Kerstin sah mich verdutzt an, aber sie sagte nichts, nie sagte sie etwas. Das hätte auch nicht zu ihr gepasst. Und in den wenigen Momenten, in denen ich ihre Stimme hörte, war sie mir seltsam rau vorgekommen, wie abgenutzt in endlosen Gesprächen, von denen ich nichts mitbekommen hatte.

Ich habe sie nur ein einziges Mal wiedergetroffen. Das heißt: Ich habe sie gesehen, sie mich nicht, ich habe sie aus einem Transporter heraus beobachtet, den ich gemietet hatte, um meine Habe von Frankfurt nach Chemnitz zu verfrachten. Sie stand vor einer Schaufensterscheibe und bewegte Arme und Hände, zeigte abwechselnd Gesten der Abwehr und der Einladung und schien besonders die Stellung ihrer Handflächen kontrollieren zu wollen. Ich ließ das Fahrerfenster herunter und rief ihren Namen, aber sie reagierte nicht, obwohl sie höchstens sieben Meter entfernt stand.

Hier hat er, sagte Zassi zu der Frau, die nicht Kerstin war, und er meinte mich, Philosophie und Sozialwissenschaften studiert und mit der Zeit festgestellt, dass es sich bei diesen Fächern letztlich nur um das Archivieren abgelegter Gedanken handelt. Das Prozessuale sei in einem viel zu trockenen Boden versickert. Gegenwärtig zumindest sei kein Niederschlag in Sicht, nichts, was das Eingetrocknete auflösen und wieder in Bewegung versetzen könnte. Aber vielleicht war man hier ja zu einem Ende gekommen, einem Ende, dass man seit Jahrtausenden ersehnte und fürchtete.

Wenn man derjenige war, der das Ende als Erster beschrieb, würde man zugleich die eigene Ewigkeit beschreiben und konstruieren, was man aber zurückließ, wäre ein Heer von, sagen wir, Landschaftsgärtnern. Doch Landschaftsgärtner wollte ich nicht sein.

So hatte Zassi sich ausgedrückt, und ich hatte dem beipflichten müssen, denn es waren meine Gedanken. Gedanken allerdings, die ich selbst nie so formuliert und ausgesprochen hätte. Und Zassi sprach von meiner Diplomarbeit, die sich im Wesentlichen um Biografie und Erkenntnis drehte, um den Wissensschatz also, der im Erzählten liegt. Allerdings hatte ich nicht weiter ausgeführt, worin das Verallgemeinerbare läge, das, was aus einer solitären Erinnerung einen soliden Gegenstand der Erkenntnis hätte machen können.

Wir müssten nur ordentlich zuhören, hieß es in der Einleitung. Denn der, der gut zuhöre, erkenne im Erzählten die Bedeutung für das Nachnarrative. Mir war nichts Besseres eingefallen.

Die Gutachter seien recht angetan gewesen, sagte Zassi, obwohl ich eigentlich nur das Leben meines Vaters erzählt hatte, zumindest soweit ich es kannte, in einer, ich muss es zugeben, eher holprigen Sprache. Und ich konnte am Ende nicht einmal behaupten, dass mein Vater schon gestorben sei, was rein handlungsdramaturgisch gut gepasst hätte, weil das ein griffiges und makelloses Ende der Arbeit gegeben hätte.

Aber ich hatte meinen Vater Jahre nicht gesehen, wusste nicht, ob er noch lebte. Also ließ ich ihn auswandern, wie schon so viele vor ihm ausgewandert waren, Familienangehörige und nahe Freunde, Nachbarn und Kollegen, als berge die Luft um Chemnitz einen Keim, einen Erreger, der über die Atmung und die Blutbahn in die Gehirne der Bewohner eindringt und sie zum Auswandern zwingt, hatte ich in der Arbeit geschrieben.

Im Grunde ließ ich ihn also ohne Angabe von Gründen verschwinden und ohne dass er ein Dokument hinterlassen hätte, das zu einer Fortführung der Handlungen hätte beitragen können, und alles, was ich geschrieben habe, habe ich aus der Erinnerung heraus geschrieben. Es handelte sich bei meiner Diplomarbeit um die Biografie eines vergleichsweise jungen Mannes, die damit endete, dass er seine Familie (samt Sohn) verlassen und zum Zeichen seiner Abwesenheit eine Kiste mit nummerierten Dias hinterlassen hatte.

Dem Professor schien das als Ausweis meiner intimen Kenntnis der sechziger und siebziger Jahre in der DDR zu genügen, und der Zweitgutachter, ein anerkannter Physiker, jubelte.

Ich hätte also ein Leben erzählt, sagte Zassi zu der Frau im Café, das ich ziemlich gut gekannt und kaum kommentiert hätte. Ich ließe einfach die Fakten sprechen, sagte er in der Manier meines Professors, Theoriebildung am dokumentarischen Material, ich sei zu einem Wanderer geworden, sagte Zassi, auf einem Mittelweg irgendwo zwischen Geschichte, Soziologie und Philosophie.

Und die Arbeit hatte einen außergewöhnlichen Umfang für eine Magisterarbeit gehabt. Einhundertachtzig Manuskriptseiten. Einhundertachtzig!, wiederholte Zassi. Und keine Seite zu viel, habe der Professor gesagt.

Darum hatte ich auch auf Zassis Anraten hin begonnen, eine Doktorarbeit zu schreiben. Für die Dissertation (»Biografie und Erkenntnis – Zwei«) hätte ich nun das Leben meines Großvaters erzählen müssen, über das ich wenig wusste. Eigentlich nur, was mein Vater mir erzählt hatte, und das war bereits in die Diplomarbeit eingeflossen. Vor allem wusste ich, dass mein Großvater ein Leben lang Eisenbahner gewesen war. Man hatte es mir gesagt, und man hatte mir ein Blumenbeet am Chemnitzer Reichsbahnausbesserungswerk gezeigt, das man ihm zu Ehren in einem Bahnrad angelegt hatte. Zwischen den Stahlfelgen blühten in jedem Jahr andere verschiedenfarbige Blumen.

Soweit ich mich selbst an ihn erinnerte, saß Großvater mit einer karierten Wolldecke über den Knien im Sessel und sprach einfach nicht mehr. Hin und wieder hielt meine Mutter ihm eine Teetasse mit einem Strohhalm vor das Gesicht, aus der er langsam und in kleinen Schlucken trank.

Ich hätte gern die Geschichte meines Großvaters als die Geschichte eines Eisenbahners erzählt, hätte erzählt, dass er am Ende des Zweiten Weltkrieges einen Schienenwolf zu fahren hatte, die Gleise also wieder entfernen musste, auf welche die anderen Eisenbahner so stolz waren, dass er die Gleise herauszureißen hatte, die einmal ein den gesamten eurasischen Kontinent umspannendes Netz hätten bilden sollen. Das Einzige aber, was ich einmal in seinen Unterlagen gefunden hatte, ich hatte sie unmittelbar nach seinem Tod an mich genommen, war ein schlampig geführtes NS-Arbeitsbuch mit einer letzten Eintragung von 1938, einer Zeit also, in der die Deutsche Wehrmacht das Schienennetz benötigte, um Panzer und Truppen an eine Front zu transportieren, die sich noch vom Kernland entfernte, und als von Abriss noch keine Rede sein konnte.

Ich hatte dieses Arbeitsbuch einmal einem Freund gezeigt, und der hatte mit den Schultern gezuckt. Da sei nichts zu machen, sagte er, im Wesentlichen sei es unspektakulär. Für mich war das Heftchen mit Reichsadler und Hakenkreuz jedoch ein verstörendes Dokument, und ich legte es zu meinen wenigen persönlichen Sachen, nahm es überall mit hin, sogar nach Frankfurt und wieder zurück.

Es gab niemanden, den ich hätte fragen können, mein Vater war weg, Großmutter erinnerte sich nur noch an den polnischen Badeort Sopot, und meine Mutter kannte zwar den Tee, den sie Großvater verabreicht hatte, aber sonst nichts. An Großvater musste meine Dissertation notwendig scheitern.

Denk dir doch was aus!, hatte Zassi gesagt, dem ich im Grüneburgpark einmal von meinem Problem erzählte. Und ich fing an, meine Umgebung zu beobachten und sie auf andere Leben hin abzutasten, über die ich hätte berichten können, Leben, die ich in meine Erinnerungen integrieren könnte.

So stieß ich auch auf mein eigenes Leben, das zumindest anfangs vor allem eine bessere Quellenlage versprach. Ich dachte das nur, formulierte es nicht, und ich wusste nicht, ob Zassi davon wusste.

Jedenfalls erwähnte er es gegenüber der Frau nicht, die mich dann doch immer mehr an Kerstin erinnerte. Meine Hände begannen sogar ein wenig zu zittern. Das Geld für mein Bier, das fast unangetastet vor mir stand, legte ich auf den Tisch und verließ schnell das Lokal, von Zassi und der Frau unbemerkt. Wäre ich noch ein wenig sitzen geblieben, ich hätte wahrscheinlich sehen können, wie Zassi zur Tür hinkte.

Zassi wollte immer, dass sein Gang dynamisch wirkt, er zählte Schritte und setzte den Fuß bei jedem dritten Schritt leicht betont mit der Ferse auf. So gingen, glaubte er, energische Menschen, ein wenig holpernd, weil sie ihre Energien nur mit Mühe unter Kontrolle halten könnten, und das hatte ja auch etwas für sich. Genie und Gelassenheit, zwei Sachen, die entgegen der landläufigen Meinung nicht zur Deckung zu bringen waren. Thilo, mein Freund aus der Schulzeit, zum Beispiel, hatte, wenn er lief, immer eine Hand in die Hüfte gestützt.

Bei einem Spaziergang durch den Grüneburgpark sprach ich Zassi auf seine Bewegungsart an, fragte ihn, ob ihn der Fuß schmerze. Der Fuß nicht, hat er gesagt und halbwegs verloren gelächelt.

Er habe in seinem Vater immer einen energischen Menschen gesehen, und sein Vater habe ihm darum als Vorbild gedient. Oft sehe er ihn vor sich, ganz unwillkürlich, wenn er die Augen schließe. Und er schloss seine Augen für einen Moment, ohne stehen zu bleiben. Er sehe, sagte er, seinen Vater fest und ernsthaft hinter einer Zeitung sitzen. Ein versteinertes Gesicht. Vor ihm kühlt der Tee ab, und hin und wieder lässt er den Löffel am Teeglas klingeln, hebt es an und überzeugt sich, dass der Kandis darin sich aufgelöst hat. Manchmal nur nimmt er einen winzigen Schluck, so als handele es sich bei dem Getränk um Medizin. Er trinkt das Glas aber in einem Zug aus, wenn die Lektüre des ersten Teils der Zeitung beendet ist. Und bei einem zweiten Tee, den er bei seiner Frau (Zassis Mutter) in der Küche wie an einer Hotelbar bestellt (Tee, Frau! Heiß!!), und den er dann heiß trinkt, widmet er sich dem Sportteil. Mit interesseloser Sorgfalt.

Sein Vater habe nie über Politik oder Sport gesprochen, nie einen Kommentar zu den Tagesereignissen abgegeben, aber die Informationen eingesogen, als wolle er sie für bessere oder schlechtere Zeiten sammeln, für Zeiten jedenfalls, in denen man die Informationen gebrauchen könnte. Und Zassi wollte wie sein Vater sein: energisch und undurchdringlich. Wissend und stumm ging er neben mir im Grüneburgpark, die Augen auf ein fernes Ziel gerichtet.

Wie war noch einmal sein Name? Es war mir, als hätte er den Namen seines Vaters erwähnt, und dieser wäre nicht unbeträchtlich von dem Zassis abgewichen, als wäre er angeklungen und an mir vorbeigezogen, ohne dass ich ihn halten konnte. Name? Zassi blieb stehen, kniff die Augen zusammen. Name, Name, brummelte er fast ärgerlich vor sich hin.

Allerdings hatte sein Vater in einem der Kriege das rechte Bein verloren und trug deshalb eine Prothese. Am Tisch, wenn er in der Zeitung las, hatte er sie nicht umgeschnallt. Direkt neben der Tür nahm er sie ab und lehnte sie gegen die Wand, so wie Zweibeiner die Schuhe auszogen, und hüpfte dann auf dem verbliebenen Bein zu seinem Stuhl.

Mit einem der Kriege musste Zassi einen jener gemeint haben, die zum Zerfall Jugoslawiens geführt hatten. Allerdings sprach er immer nur von »den Kriegen« und nie davon, auf welcher Seite in ihnen er oder sein Vater sich befunden hatten. Ich erfuhr nicht einmal, welcher Volksgruppe Zassi angehörte, oder besser zuzuordnen war, denn ich glaube, angehören wollte er keiner.

## 13.

Komischerweise kamen mir in Zassis Begleitung aber immer wieder eigene Bilder, als würde sich in Zassis zerbrochenem Land das meine kaleidoskopisch spiegeln.

Mein Vater zum Beispiel werkelt darin an seinem Schuppen herum, er nimmt ein Brett, um es gegen die Schuppenwand zu legen und abzumessen. Er ritzt mit einem winzigen Messer eine Markierung ins Brett.

Der Schuppen ist eigentlich kein Schuppen, sondern ein größerer Schrank, der sich als Anbau an der Rückseite einer Laube befindet, die Türen nach außen, kein Einbau, ein Anbauschrank, groß genug, um darin Gartengeräte, eine Rolle mit einem Schlauch, Blumentöpfe und einen elektrischen Rasenmäher samt Kabeltrommel zu verstauen.

Der Rasenmäher war, wie mir schien, das Lieblingsinstrument meines Vaters und auch das meines Urgroßvaters. Urgroßvater ließ sich zuweilen von meinem Vater extra auf das Grundstück fahren, um zu mähen, also das zu tun, was eigentlich mein Vater am liebsten tat.

Man könnte diesen Umstand als ein Aufblitzen des kommunistischen Paradieses bezeichnen, ein Aufblitzen, das auf einer umfriedeten Tausendquadratmeterwiese im Karl-Marx-Städter Stadtteil Glösa der siebziger Jahre stattfand. Denn es gab niemals Streit darum, wer mähen durfte, der Rasen war nie kurz genug, als dass man nicht hätte noch einmal darübergehen können. Jeder nach seinen Möglichkeiten, jedem nach seinen Bedürfnissen. Am Abend dann ein Butterbrot und ein tiefer Schluck aus der Wasserflasche.

Und so sah ich die Männer in Rechtecken über den Rasen marschieren, in akkuraten Rechtecken, deren Seiten bei jedem Mal um eine Schneideblattbreite kürzer wurden, bis sich der Mäher nur noch einmal um seine Achse drehen konnte. Dann erstarb sein Elektromotorengeräusch, eine unglaublich lange Verlängerungsschnur wurde zusammengerollt, eine Holzharke und ein Laubbesen aus dem Schuppen geholt, der, wie beschrieben, ein Schrank war.

Manchmal hielt mein Vater beim Mähen inne, weil er eine Blindschleiche aufgestört hatte, die er aufnahm, mir zeigte, und dann unter Bäumen wieder freiließ. Vielleicht ist es auch nur ein einziges Mal gewesen, und ich habe jedes Mal, wenn ich meinem Vater beim Mähen zusah, gehofft, es geschähe noch einmal.

Als ich höre, wie mein Vater das Brett zurechtsägt, sitze ich schon lange an einem kleinen Teich im Steingarten und beobachte zwei Frösche, die dort leben, seit ich sie von einem Tümpel aus dem nahen Wald mitgebracht hatte.

Eine Eisenbahnlinie zerschneidet den Weg zu diesem Tümpel, und die Frösche hatten direkt auf dem Grasstück hinter der Unterführung gesessen; als wäre ich nicht der Erste gewesen, der sie mitnahm, als wären sie auf dem Rückweg gewesen.

Pech für die Frösche, dachte ich. Aber wenn sie auf dem Rückweg gewesen sind, wenn sie bis dahin immer wieder ihren Herkunftsteich aufgesucht hatten, dann verloren sie diese Angewohnheit, als ich sie in den Bottich in unserem Steingarten setzte. Sie waren gewissermaßen angekommen und überwinterten sogar zwischen all den Sukkulenten und weniger exotischen Pflanzen, die hier trotzig blühten.

Ein Wespennest, ruft mein Vater.

Ich stürme zum Schuppen. In der linken oberen Ecke hängt eine fußballgroße Traube. Wespen über Wespen. Unendlich viele, die übereinanderkriechen und scheinbar versuchen, ins Innere der Traube zu gelangen. Wahrscheinlich aber bestand auch das Innere schon aus Wespen.

Manche der Insekten lassen sich rückwärts vom Wespenball fallen, stehen für einen Moment lang in der Luft und docken dann an der gleichen oder einer anderen Stelle wieder an. Ein unheimliches Gesumm. Ordnung und die blanke Anarchie zur gleichen Zeit.

Geh weiter weg!, sagt mein Vater, der meine naturwissenschaftliche Neugier damit für gestillt erklärt. Er nimmt einen Schlauch und spritzt den Schuppen aus. Kleine Eier fallen heraus wie Puffreiskrümel aus einer aufgeplatzten Tüte und werden vom Wasser aus dem Regal gespült.

Die werden woanders ein neues Nest bauen, sagt mein Vater. Ja, wo denn?, frage ich. Er zuckt mit den Schultern.

Vielleicht war es einfach so, dass in den Sechzigern die Weichen gestellt worden waren und der Rest des Jahrhunderts sich wie von selbst ergab, ein Jahrhundert, das zu spät und mit einem Krieg begonnen hatte und elf Jahre vor seinem kalendarischen Ende jäh abbrach, das an einem roten Schicksalsfaden im Zeitlabyrinth abrollte. Kurz und schmerzvoll. Zwischendurch immer wieder billige Operette, immer dann, wenn fehlende Einschläge so etwas wie Rhythmus zuließen.

Ein Faden übrigens, an dem auch ich entlangschnürte (wie ein Fuchs? Wie eine Ameise?), der Faden, der mir durch die Siebziger hindurch und in die Achtziger hinein mehr Halt bot, als ich brauchte, eher also wie eine Fliege auf einem Klebestreifen. Ein Faden also auch, der mich zu einer Marionette machte und mir Ordnung suggerierte, nicht vorgaukelte, denn ich denke, dass viele in meiner Umgebung von der Wahrheit ihrer Mission überzeugt waren. Die Ordnung war also in Ordnung, und die Suche danach endete beständig im Chaos, dachten sie und hatten in den Kriegen ihre Erfahrung gemacht, die sie in die Gegenwarten erweiterten, verallgemeinerten.

Sogar die anderen Fäden, die sich letztlich Väter nannten, Familien, Geschlechter oder Partei, Haltetaue, die sie vorgaben zu sein, rissen vor der Zeit. Treue Parteisoldaten, die ihr letztes Hemd gegeben hätten und im Unterhemd weitergekämpft hätten, ungeschützt, so wie sie am Wochenende im Unterhemd ihre für Außenstehende ununterscheidbaren

Autos wuschen. Auf den Nummernschildern war die Herkunft verschlüsselt. X und T standen für meine Heimatstadt, A für Rostock und I für Berlin. Die Trabantkolonne vor einem Wohnblock in der Karl-Marx-Städter Fritz-Schmenkel-Straße. Fünfstöckige Verheißung nahenden Glücks.

Schmenkel, der Namensgeber, andere nannten ihn Deserteur, war im Zweiten Weltkrieg zur Roten Armee übergelaufen, hatte als Partisan weitergekämpft, war gefallen. Und jeder zog seinen Faden. Die Fäden versponnen sich, wurden versponnen, zu einem nicht entwirrbaren Knäuel. Scheppernde stinkende Zweitaktmotoren, denen zur Selbstentzündung die Kraft fehlte. Deren unrhythmisches Tuckern mich in der Nacht weckte.

Meine ganze Kindheit hindurch dachte ich, wenn ich allein in der Wohnung war, es seien meine Eltern, die kämen, und später dann, als mein Vater ausgezogen war, meine Mutter. Es war nach vergeblichen Momenten der Hoffnung jedes Mal eine Erlösung, wenn eine Zeit lang, nachdem der tuckernde Motor verklungen war, sich ein Schlüssel im Türschloss drehte. Ich konnte mich dann ruhig schlafend stellen. Die Auswertung meiner schulischen Verfehlungen hatte Zeit bis zum nächsten Tag.

Unser ABV, Abschnittsbevollmächtigter, heute Kontaktbereichsbeamter, kurz: unser Ortspolizist, und es wird, wenn er nicht in Rente ist, immer noch derselbe sein, hieß Schäfer. Herr Schäfer oder

Genosse Schäfer. Wahrscheinlich hatte er auch einen Dienstgrad. Genosse Wachtmeister, Ober- oder Hauptwachtmeister.

Mich beeindruckten vor allem das braune Ledergeschirr, das er umgeschnallt hatte, und die Kartentasche, die er über der Schulter trug. Obwohl oder vielleicht auch weil mir der Sinn dieses Geschirrs nicht wirklich aufging. Im Ursprung müssen derartige Dinge einmal der Lastenverteilung bei Geländemärschen gedient haben, und wahrscheinlich gehörte ein lederner Tornister zum ledernen Zeug. Marodierende Polizistenbanden nach Auflösung eines Staates, oder wie Lenin sich ausdrückte: »besondere Formationen bewaffneter Kräfte.« Der Revolutionär als Sprachbürokrat, dessen Bruder bei einem Bombenanschlag ums Leben kam, und der selbst nach einer gewissen Zeit des Siechtums einem Anschlag erlag.

Aber die Wiesen zwischen den Neubaublöcken mit den frisch gepflanzten Bäumen (Birken und Pappeln, schnell wachsende Kulturen, hier und da eine Kastanie wie zur Beruhigung) würde ich nicht direkt als Gelände bezeichnen. Wenn man davon ausgeht, dass Gelände auch eine Gefahr birgt, ein Unbekanntes, auf das man sich nur schwer einstellen kann.

Ob Schäfers Pistolentasche eine Waffe enthielt, weiß ich nicht, wenn ja, dann hatte er sie gründlich verborgen, denn ich habe sie nie zu Gesicht bekommen. Er wollte sicher vermeiden, dass die Arbeiterklasse, wenn ihm die Pistole verlorenginge oder entwendet würde, ihre Waffen gegen sich selbst, also gegen ihn als ihren Repräsentanten richtete.

Es war nicht so einfach in der DDR, in der nominell die Arbeiterklasse durch ihre selbst ernannten Repräsentanten über sich selbst herrschte. Im Grunde hatte Schäfer Recht, denn wo eine Pistole sichtbar wird, schießt sie meist auch, und das nicht nur im Roman.

Unser Abschnittsbevollmächtigter war sicher kein Cowboy. Die Kartentasche enthielt keine Karte, das wusste ich sicher, denn sie war aufgrund einer Klarsichtfolie einsichtig, man hätte die Kartentasche, wenn sie eine Karte enthalten hätte, nicht öffnen müssen, um die Karte zu lesen, aber sie enthielt nur Zettel, auf denen Schäfer sich die Namen von Kindern notierte, über deren Verfehlungen er ihre Eltern informieren wollte.

Hier brauchte keiner eine Karte.

Es war sehr schwierig, sich im Yorckgebiet zu verlaufen, zwischen den übersichtlich angeordneten Plattenbauten. Es war ein kleineres Neubauviertel mit einer Gartenanlage in der Mitte, und nicht einmal einem Polizisten hätten wir zugetraut, sich hier zu verirren, zumal seine einzige Aufgabe darin bestand, nach dem Rechten zu sehen, Ruhe und Ordnung durchzusetzen, die im Grunde sowieso herrschten. Vielleicht ist das ja ein Zeichen von

Diktatur, das die meisten Verbrechen sich in staatlichen Institutionen ereignen und auf den Straßen eine eigentümliche Ruhe herrscht.

Eine Karte vom Viertel jedenfalls hätte selbst ich aus dem Kopf zeichnen können.

Das Karl-Marx-Städter Yorckgebiet, ein klassisches Idyll. Schäfer mach mal mäh, kriegst 'nen Westkeks. Der Witz meiner Mutter, den sie allerdings nur im geschützten Wohnraum kolportierte. Mutter war Lehrerin, was dazu führte, dass sie und ihre Kolleginnen politische Witze nur leise erzählten und in den Pausen nur heimlich Wermutwein tranken. Aber schon auch vor Publikum und immer wieder. So ging das mit den Witzen. Es gab formal nur wenig Verschiebungen, und das Lachen war immer das Gleiche. Befreiungstraining. Man hatte den Zwang noch gar nicht erkannt, weil er auch von einem selber ausging, und wusste deshalb auch nichts von einer möglichen Befreiung. Mit den Witzen machte man sich Luft und erholte sich von einem so unbestimmten Gefühl der Enge, das meiner Meinung nach auch die Träger des Systems kannten.

Ich wurde derweil beauftragt, die Wäsche am Wäscheplatz aufzuhängen, ganz zwanglos, und wenn Mutter im Hort ihrer Schule die Kinder hütete und die Wäsche trocken war, sollte ich sie wieder abnehmen. Da gab es im Hochsommer keinerlei Ausreden. Der Wäscheplatz befand sich zwischen den Wohnblocks, zwei langgezogenen L aus Betonfertigteilen.

Es wehte immer ein leichter Wind, aber einem Sturm hätte der Fuß des L den Weg abgeschnitten (aber ein Sturm weht vom Paradiese her ...).

Die Planer des Sozialismus waren in Grenzen praktisch veranlagte Menschen. Für Halle Neustadt zum Beispiel hatte man sogar beheizbare Parkbänke konzipiert, aber leider nicht ausgeführt, obwohl es ein Leichtes gewesen wäre, von den Fernwärmeleitungen, die die uns bekannte Welt durchschnitten, geringe Mengen Wärme abzuzapfen und auf die Parkbänke umzuleiten. Und schon hätten wir der Natur ein Schnippchen geschlagen und den Sommer auf den Herbst hin ausgedehnt, oder hätten im Spätwinter eine Pause im Park machen können, um uns aufzuwärmen. Findige sowjetische Forscher und Technologen hatten sogar den Plan gefasst, in Moskau mit Hilfe von Spiegeln, die von Satelliten aus das Sonnenlicht umleiten würden, den Tag zu verlängern. Es leben die Maschinenlaufzeiten!

Natürlich ließ ich den Schlüssel stecken, wenn ich zum Wäscheplatz ging. Einmal, als ich zurückkam, stand Schäfer in der Haustür und starrte wie unbeteiligt zur Seite. Der Schlüssel im Türschloss zu unserer Wohnung fehlte. Da gab es nichts zu diskutieren, das wusste ich. Bewegungslosigkeit. Nach einer Stunde beredten Schweigens drückte er mir den Schlüssel in die Hand. Das kommt nie wieder vor! Wahrscheinlich hatten wir gleichzeitig das Gleiche gesagt.

# 14.

Ich habe mir also, sagte Zassi, meine eigene Vorstellung davon machen müssen, wie man richtig, das heißt energisch, geht. Auch auf Fotos sei sein Vater nie gehend, immer nur stehend oder sitzend abgebildet gewesen. Mit geschlossenen Augen lief Zassi jetzt weiter, und fortan ohne etwas zu sagen und in einem Sinne konzentriert, wie ich es nur vom Hausmeister meiner alten Schule her kannte. Auf ein Nahziel zu, also schon sichtbar und auf direkteste Weise erreichbar. Ein altes Papier, eine Kippe oder gar rauchende Schüler.

Dennoch haftete seinem Gang etwas Prothetisches an, als habe sich der Anblick des Holzbeines selbst gleichsam durch die Hintertür in seine Performance geschlichen und von seinen Schritten Besitz ergriffen. Nachdem ich Zassi sanft auf den Weg zurückgeleitet hatte und er wieder offenen Auges dahinhinkte, war es an mir zu erzählen, denn Zassi schwieg, als habe er seinen Wortschatz für diesen Tag restlos verbraucht. Er schwieg aber auf eine Weise, die mein Sprechen herausforderte, so als bildeten sich um ihn kleine Strudel, die Worte anzogen. Ich hielt es nicht aus zu schweigen, obwohl ich es wollte, ich fühlte mich geradezu genötigt, meine Distanz aufzugeben, von mir zu sprechen, einen Verrat zu begehen, wie es mir schien, an mir selbst, und ich wählte ein Thema, das seinem eigenen sehr nahe war, das mich aber nicht kompromittieren konnte, zumal ich es in meiner Diplomarbeit verwenden wollte.

Zassi war dankbar, dass ich zu sprechen begann und ihn also verstanden hatte. Er atmete kurz und hörbar aus, schien sich dann aber ganz auf mich zu konzentrieren. Ja, er wollte mich sogar wie einen Trauernden am Ellenbogen fassen und führen, aber das wusste ich zu verhindern.

In der Wohnung meiner Eltern, erzählte ich, hatte es manchmal, lange bevor mein Vater gegangen war, nach einem weichen Plastik oder Wachs gerochen. Süßlich. Es war ein Geruch, den ich als Parfüm schön gefunden hätte, weil er mich an Momente erinnerte, in denen ich als Kind in etwas anderes versunken war als mich selbst, in denen ich spürte, dass es ein Leben gab, an dem ich teilhaben konnte, ohne selbst darin zu verschwinden.

Und ähnlich wie er, Zassi, sich den Anblick der Zeitung und des Teeglases jederzeit herbeirufen könne, gelinge es mir, jenes weltnahe Gemisch zu riechen, wenn ich die Augen schlösse. Aber ich schloss die Augen nicht, wie es Zassi getan hatte, sondern achtete selbst auf den Weg. So weit reichte mein Vertrauen dann doch nicht.

An den Tagen jedenfalls, erzählte ich weiter, an denen jener Duft in den Zimmern hing, spielte ich nicht wie sonst draußen auf der Straße mit den anderen Jungen, und kein Versprechen hätte mich dazu bewegen können, ihnen mich anzuschließen; ich saß still in der Küche oder im Wohnzimmer neben meinem Vater und sah ihm zu, wie er modellierte, wie er mit Nasenflügeln und Ohrläppchen hantierte, wie er sie vorsichtig einem Behälter aus Blei oder Zinn entnahm, der einige Zeit dicht verschlossen in siedendem Wasser gestanden hatte.

Modellieren konnte mein Vater, sagte ich, und Zassi kicherte, als hätte ihn der Spruch an eine delikate Episode seinerseits erinnert. Mein Vater modellierte künstliche Gesichtsteile, Nasenflügel und Ohrläppchen aus fleischfarbenem Wachs. Zuerst fertigte er eine Matrix aus Gips, darin wurden die Epithesen geformt, die er der Haut des Kunden gemäß färbte. Die Teile befestigte er an Brillengestellen, mit deren Hilfe man sie aufs Gesicht setzen konnte, wo sie Narben, Kriegsverletzungen oder Unfallschäden ausglichen oder fehlende Teile ganz ersetzten. Mich hätte es damals nicht gewundert, wenn jemand mit der Brille sein halbes Gesicht abgesetzt hätte.

Zassi zuckte mit den Schultern. Ach, sagte er nur, als sei ihm die Begegnung mit versehrten Gesichtern die normalste Sache der Welt. Ich hatte immer nur die Ausgleichsprodukte gesehen. Einzig der Bibliothekar in der Universitätsbibliothek hatte, in Ermangelung eines zweiten Ohres, seine Brille mit einem Gummiband am Kopf befestigt.

Zassi und ich gingen eine Weile schweigend nebeneinander her.

## 15.

Wenn man später, nach meinem Weggang, über mich gesprochen hat, dann hat man über mich als Flüchtigen gesprochen, über meinen Abgang als Flucht. Wenn man über mich gesprochen hat. Trotzdem verstehe ich mein Weggehen nicht als Flucht und würde es auch nicht so bezeichnen, denn eine Flucht wäre ein Schuldeingeständnis, das Eingeständnis einer Schuld, von der noch gar nicht ausgemacht ist, ob es sie gibt. Wenn ich geflohen wäre, hätte ich damit eingestanden, den Unfall hervorgerufen zu haben, der zu Thilos Tod oder Verletzung geführt hat.

Schuld hingegen heißt bleiben, als Leerstelle, als unpersönlicher Rest, als Signatur, die nicht mehr zu entschlüsseln ist, wie die elektronische Signatur einer Datei auf der Festplatte eines Computers, die Spur einer Spur. Aber es gab keine Verstrickungen, die mich hielten, und keinen Tatbestand, dem ich mich hätte durch eine Flucht entziehen müssen. Meine ich. Und jetzt bin ich weg.

In Frankfurt war ich den Anderen gegenüber distanziert, so wie ich es in der Wohnung meiner Eltern gelernt hatte, so wie ich gelernt hatte, mich Fremden gegenüber zu verhalten. Öffne dich nicht, hatte meine Mutter gesagt, ich kann mich nicht erinnern, bei welcher Gelegenheit, denn alles wird gegen dich verwendet werden. Nicht kann, wird! Wahrscheinlich hat sie öfters so gesprochen. Ich sehe ihren Mund vor mir, und wie Lippen und Zunge die Worte hervorbringen. Ich sehe nur ihren Mund und höre den Satz. Jetzt höre ich ihn, in Frankfurt hatte ich ihn nicht gehört. Das heißt, ich hatte vergessen, wie meine Mutter ihn sprach. Ich glaube nicht, dass sie wusste, dass sie zitierte. Sie sprach den Satz, als handle es sich um eine Wahrheit, die sie am eigenen Leibe erfahren hatte, und es war mir ein Leichtes, mich daran zu halten, auch wenn ich den Satz nicht hörte.

Das lag zum einen an der Art der Arbeit. Bei ihr habe ich alles durch Scheiben gesehen: durch Autoscheiben, Fensterscheiben, Scheiben zum Zwecke der Absperrung und des Schutzes, Scheiben, auf denen schwarze Vogelmotive aufgeklebt waren, um Vögel abzuschrecken, zu schützen, indem man ihnen ihr

Der Reichs-Karnarienvogel

Singt wenig — spricht viel — und lebt von Diäten —

Stadt- und Universitätsbibliothek Frankfurt am Main,
Frankfurt Abteilung:
Karikatur des Nationalversammlungsabgeordneten
Adolf Rösler. Von Alfons von Boddien (1848)

eigenes Bild zeigte. Plexiglas von Buswartehäuschen. Die Scheiben im Bus, neben denen ein kleiner Hammer hing. Dieser Hammer übte immer eine Anziehungskraft auf mich aus, obwohl ich ihn nie benutzte.

Schon in der Schulzeit, wenn ich mit Thilo morgens im Bus saß, interessierten diese Hämmer mich mehr als die bröckelnden Gründerzeitfassaden, die der Krieg übrig gelassen hatte und die vor den Fenstern dahintrieben. Nicht selten wünschte ich mir, der Bus würde kippen, und ich hätte gern gewusst, wie es sich anhört und anfühlt, wenn das Glas der Busscheibe zerspringt, das aber nur am Rande.

Vor mir sah ich, was hinter mir lag. Und ich war ein Hinzugekommener, ein Dahergelaufener, wie ich die Anderen manchmal sagen hörte. Das machte mir nichts. Es bestätigte mich nur in dem, was ich vorhatte:

Ich würde geduldig in Frankfurt bleiben und studieren und auf Thilos Rückkehr warten, denn wir seien, so sagte er, nach seiner Rückkehr ein unschlagbares Team. Ich wollte vorbereitet sein, und ich wäre vorbereitet gewesen.

Später erst, als ich von Thilo lange nichts hörte, mein Bafög abgelaufen war und der Antrag auf ein Promotionsstipendium abgelehnt wurde, als meine

Mittel also zur Neige gingen, habe ich die Stelle als Fensterputzer angenommen.

Manchmal habe ich mir freilich gewünscht, ich könnte die Distanz aufgeben, könnte mich den Dingen nähern, wie die Anderen sich ihnen genähert haben. Als wären sie mir selbstverständlich, als würde ich sie kennen. Es waren Momente der Einsamkeit. Und ich habe es nicht getan, konnte es nicht. Es wäre einem Verrat gleichgekommen. Ich betrachtete die Dinge und die Anderen also weiter aus der mir eigenen Entfernung. Definieren und kategorisieren, nicht eingreifen!, dachte ich, um mich zu zügeln und um mir selber treu zu bleiben, das Projekt nicht zu verraten.

## 16.

Ich bin nicht geflohen. Ich bin gegangen. Niemand hatte einen Grund, mich aufzuhalten, sich mir in den Weg zu stellen, um mein Gehen zu verhindern. Nur dann hätte man von Fliehen sprechen können, wenn mein Weggang derart unaufhaltsam gewesen wäre. Aber es hat niemand versucht, mich aufzuhalten. Ich habe lange darüber nachgedacht, ob ich das bedauern soll. Vielleicht wäre ich geblieben. Wer weiß?

Und dass ich jetzt wieder bei meiner Mutter sitze, hinter dem Haus meiner Mutter auf diesem alten Plastikstuhl, der vielleicht älter ist als ich, ist einer der wenigen Zufälle, die dem Gang meines Lebens eine Kreisform verleihen, aber auch diese Form ist wie jede andere Form das Resultat der Perspektive, die der Betrachter einnimmt. Und der Kreis ist ein Konstrukt. Eine Ausgeburt der reinen Phantasie.

Und es hat auch nur den Anschein, dass sich in meinem Leben ein Kreis schließt, denn die Enden begegnen sich nur in einer bestimmten Perspektive, scheinbar also, und gehen auf verschiedenen Ebenen aneinander vorüber.

Es ist keinesfalls ein notwendiges Resultat meines Lebens, dass ich jetzt bei meiner Mutter sitze, wieder bei meiner Mutter sitze, in diesem Hof unter dem Küchenfenster die Vögel und die Fledermäuse beobachte und darauf warte, dass meine Mutter mich zum Essen ruft und ich ablehnen werde.

Denn dort in der Wohnung meiner Mutter werde ich auf allerlei Hinterlassenschaften treffen, Sachen, die ich verloren geglaubt habe. Sie würden, wenn ich sie jetzt sähe, wenn ich zu meiner Mutter zum Essen ginge, meine Erinnerung in ein bestimmtes Licht tauchen. Ich würde jetzt, wenn ich mich als Kind sähe, das Kind sein, das ich sähe. Würde meine

Souveränität als Erwachsener verlieren. Ich würde meine Mutter Mutter nennen und sie nicht mit ihrem Namen ansprechen. Das macht mir Angst, und es würde so sein.

Später dann kann ich die Dinge, auch wenn es mir schwerfällt, im Halbdunkel der Zimmer ignorieren, kann über sie hinweggehen wie über die Dinge eines Anderen. Die Tapete wird einfach nur Tapete sein, nicht meine Tapete, und das Bett nur ein Bett und nicht der Ort, an dem ich als Jugendlicher vor dem Einschlafen onanierte und dachte, dass meine Mutter nichts mitbekäme, weil sie nie darüber sprach.

Ich werde, wenn ich länger bleiben sollte, mein Kinderzimmer ausräumen und renovieren. Ich werde die Sachen behandeln wie die Sachen eines fremden Kindes. Und werde sogar einige Kinder vom Hof dazubitten. Sie werden mir helfen, das Brauchbare vom Unbrauchbaren zu trennen und das Unbrauchbare in große blaue Plastiksäcke zu stopfen, das Brauchbare aber auf einem Flohmarkt zu verkaufen oder auf die Straße zu stellen, zu den Sofas und alten Fernsehgeräten.

# 17.

Auf einmal hingen diese Plakate in der Stadt, und sie strahlten etwas aus, dass mich denken ließ, ich und nur ich könnte damit gemeint sein.

Ein stahlgraues Gebilde stieß in einen blauen und wolkenlosen Himmel, und alle Wettererscheinungen, außer diesem Blau, waren wegretuschiert. Vielleicht hatten sie sich auch ergeben und sind von selbst verschwunden. Die Stähle standen fest, obwohl sie nach meinem Dafürhalten nicht hätten stehen dürfen. Ein Schritt würde sie abfangen. Aber sie waren nicht in der Lage, diesen Schritt zu tun. Die Figur, die sie bildeten, hätte kippen müssen.

Thilos Name stand im Blau, eine Erscheinung, die ich auch dann nicht wegbekam, wenn ich mir lange die Augen rieb. Ich zupfte an den Rändern des Papiers. Es war glatt und dicht und löste sich keinen Millimeter. Während ich noch überlegte, ob ich es befeuchten sollte, ich hatte meinen Putzeimer dabei, merkte ich, dass ich beobachtet wurde.

In meinem Rücken hatte sich eine kleine Ansammlung gebildet. Hessisch, gebrochenes Deutsch, Hochdeutsch. Gemurmel. Ich konnte nicht feststellen, wie viele es waren, aber immer mehr Schatten zeichneten sich auf der Glanzoberfläche des Posters ab,

Schatten, die miteinander sprachen, ineinander übergingen, miteinander verschmolzen. Ich schwitzte und begegnete einem Gefühl, dass ich nicht kannte. Zwar hatte ich schon oft davon gesprochen, aber es so zu fühlen wie in diesem Moment, war mir neu.

Angst, dachte ich, vielleicht sollte ich es, um es zu bannen, einfach Angst nennen, ausgelöst von einem Wort, einem Raunen. Es wurde mir erst klar, als ich langsam und mit gesenktem Kopf rückwärts zu meinem Auto lief und die Menschenmenge mich ungehindert passieren ließ.

## 18.

Fenster waren da, Glasfronten, und je nachdem, wie das Licht fiel, waren sie durchsichtig und unsichtbar oder spiegelten das, was hinter mir lag. Die Erinnerung hängt vom Wetter ab, und von den Lichtverhältnissen. Allem Anschein nach Sommer: schlieriges Wasser im Putzeimer, ein blaugrauer Lappen und das Gummi des Abziehers, das mit der Zeit porös und brüchig geworden war. Ich trug einen roten Overall mit dem großen Firmenzeichen auf dem Rücken und einem kleinen über der linken Brusttasche.

Und bald würde Thilos Ausstellung eröffnet werden. »Der Schritt. Stahlskulpturen und Objekte«. Im

Osthafen, zwischen den alten Baracken, den Schleppdächern, den inzwischen leeren Lagerhallen, unter den Schienen der Laufkatzen, die einmal einen Motor hatten. Alles Brauchbare jedoch war abmontiert und ausgelagert worden, um Platz zu schaffen für Kunst und was damit zusammenhing. Die Kunst folgte der Industrie, in alten Gasspeichern gab es Tanzperformances, die Offtheater residierten in einer stillgelegten Seifenfabrik, das Ballett in einem Straßenbahndepot, und im Osthafen also die Kunst. Die Industrie hinterließ nach ihrem Abzug aus dem urbanen Raum ihre Bauten als Spielstätten und Ausstellungsflächen.

Tresen, die wie provisorisch aussehen sollten. Windige Garderobenständer, die im Sommer ohnehin niemand brauchte, denn diejenigen, die ihre Jacken ausziehen, würden sie sich lässig um die Schulter hängen oder um die Schulter der Begleiterin, die trotz des lauen Abends angesichts des Ausgestellten ein wenig fröstelt.

Mein Wagen stand auf einem riesigen Parkplatz neben der obligatorischen Pommesbude.

Rindswurst und Pommes rot-weiß. Gräf Völsing. Ein gelangweilter Verkäufer. Die Haut so fettig wie sein Käppi. Die Wagen, in denen das Bratfett brodelte und die kleinen Kühlschränke summten, wurden nie weggefahren. Sie stellten sich auf jede Art Kundschaft ein, vielmehr jede Art Kundschaft stellte sich auf sie ein. Die Upperclass verstand sie als Schnittstelle, und ein echter Gourmet wusste eine gute Gräf Völsing zu schätzen, wie er ja auch Apfelweinkneipen besuchte und Rippchen mit Kraut bestellte.

Hier im Osthafen konnte ich mich unauffällig bewegen und wurde aufgrund meiner Montur von den wenigen anderen Arbeitern nicht beachtet, Arbeiter, die sich ebenfalls völlig unauffällig bewegten. Jeder hier war in irgendeiner Mission unterwegs, und keiner kannte den Beweggrund des andern. Wenn wir aufeinandertrafen, dann grußlos, wir verlangsamten unsere Schritte zwar ein wenig, wahrten aber den Abstand auf Rufweite und riefen nicht. Was hätten wir uns auch zurufen sollen. Hier, im Osthafen, war niemand auf Hilfe angewiesen.

Schienen gab es, die sich unter den Decken fast neuer und ungenutzter Lagerräume entlangzogen. Was hier verfiel, war zu jung, als dass es im Verfall hätte leuchten können wie die alten Industrieanlagen der Gründerzeit. Kein Stahl gab sich hier als gusseiserne Nachbildung einer dorischen Säule. Die Träger waren nüchterne Doppel-Ts und ohne den Anspruch, an irgendetwas zu erinnern.

Hier lag teures Bauland, das seine Zeit überhaupt noch nicht gehabt hatte, obgleich es bebaut war. Ruinen, die nicht wie Ruinen aussahen, der Zerstörung durch Arbeit entronnen, wartete hier dennoch alles auf seine Zerstörung; nur die Laufkatzen gab es wirklich, obwohl sie nie benutzt worden waren,

Laufkatzen, die stark genug waren, etwas zu tragen, das zu bezeichnen mir die Vorstellungskraft fehlte. Sie trugen sich selbst, ihre Ketten und Karabiner. Eine Vergangenheit ohne Gedächtnis.

Ich lief über Eisenbahngleise und frisch geteerte Straßen. Im roten Overall. Versteckte mich hinter der Signalfarbe. Wir waren immer im Dienst. Vereinzelte Ameisen, Späher oder Transporteure, das war für den Laien nicht zu erkennen, und Laien waren wir alle, zumindest dem Anderen gegenüber.

Es scheint Dinge zu geben, die nur für ihren Untergang hervorgebracht werden, Dinge, denen dadurch ein Untergang verweigert wird, Dinge wie die neuen Gewerbegebiete der letzten Dekade des 20. Jahrhunderts und Teile des Osthafens.

Sie rühren uns nicht, die Hallen, die immer nur Hallen waren, nur nach Farbe rochen und nie nach Öl, mit den unbenutzten Schienen, die in den Boden eingelassen sind. Keine Wagenspur schrieb sich ein in die Hallenböden aus Gießbeton. Die Pusteln der New Economy. Lager für Waren des virtuellen Marktplatzes, die selbst virtuell waren.

Etwas struppiges Kraut wuchs in den Ritzen zum Zeichen, dass sich die Gegend nicht völlig verloren gab, widerstandsfähige Kulturen, wilder Meerrettich beispielsweise und Löwenzahn natürlich.

Solche Gewächse gibt es auch hier im Hof hinter dem Haus meiner Mutter, zwischen den Gehwegplatten, mit denen Teile der Freifläche direkt am Haus ausgelegt sind und einen schmalen befestigten Pfad bilden. Die Steine verhindern, dass die spitzen Beine meines Sessels ins Erdreich dringen. Der Hausmeister entfernt die Pflanzen monatlich mit einem kleinen Flammenwerfer, und das verbrannte Kraut wird zu Dünger, fruchtbar wie die Vulkanasche, die die Nachbarn in die Balkonkästen zwischen Geranien streuen, und die nächste Generation der Pflanzen gedeiht schneller und üppiger als die vorangegangene.

Als Kind hatte ich mich einmal, als ich mich unbeobachtet wähnte, niedergekniet und hineingebissen in so ein Kraut, das mein Vater wilden Meerrettich nannte. Wie eine Kuh, lachten einige Nachbarsjungen. Wilder Meerrettich, entgegnete ich, den lassen die Kühe nämlich stehen.

Und ich lief nach Hause, weil die Jungen nun noch mehr lachten. Die Halme der Pflanzen waren hart und ließen sich kaum kauen, und bis zum Zähneputzen am Abend spürte ich ihren bitterscharfen Geschmack im Mund und Sand zwischen den Zähnen, noch durch die Salamibrote vom Abendessen hindurch.

Den Geschmack kannte ich also, als ich mich unerkannt durch das Gelände am Osthafen bewegte. Und vereinzelt standen hier die verchromten Stahlgebilde, die Thilo hatte fertigen lassen. Vereinzelt, aber nicht einsam. Dynamische Strukturen, als wollten sie jeden Augenblick abheben und würden doch, aus ihren unsichtbaren Verankerungen gerissen, ihrer ausgetüftelten Balance aus Gewicht und Gegengewicht, herunterknallen wie vorzeitig schließende Schlagbäume. Und die Ausstellung würde eröffnet werden, wurde eröffnet, und ich würde dabei sein, war dabei, weil ich immer in irgend einer Form, in irgend einer Anwesenheitsstufe dabei war, wenn es um Thilo ging.

## 19.

Ein Wind kommt auf. Ich höre ihn in den Birken, die hier im Hof am Rande des schütteren Rasens stehen. Bäume so alt wie das Haus. Vorkrieg, das heißt Zwischenkriegszeit. Für Birken also viel zu alt, und mit jedem starken Wind fallen armdicke Äste herunter. Die Mütter im Hof sehen es mit Sorge. Allerdings spüre ich jetzt auch meinen Sessel. Einer der Eisenringe drückt mir in die Oberschenkel wie vor Tagen noch die Steinkante, in die der Rasen eingefasst ist, als ich noch keinen Sessel hatte. Wenn ich die Beine übereinanderschlage und ein Bein fest aufstelle, was den Druck etwas vermindert, schläft mir über kurz oder lang der linke Fuß ein.

Vielleicht sollte ich einfach mal pinkeln gehen. Es ist allerdings noch nicht dunkel genug, dass ich hinter die Brombeeren pinkeln kann, ohne gesehen zu werden, ohne dass mich jemand erkennen würde, der auf seinem Balkon gerade eine Zigarette raucht und mir den feuchten Fleck im Sand eindeutig zuordnen könnte.

Um diese Jahreszeit bricht die Dunkelheit langsam herein, und es dauert lange, bis sich die Mauersegler und Fledermäuse voneinander trennen. Solange muss ich die Toilette in der Wohnung meiner Mutter benutzen.

Vom Haus gegenüber weht ein Lachen heran. Ich kann mir vorstellen, dass dort jemand auf dem Balkon draußen zu Abend isst. Meine Mutter tut das glücklicherweise nie, auch im Hochsommer nicht.

## 20.

Ich hatte irgendwann, unbemerkt, aufgehört zu warten. Habe meine Fenster geputzt, bin durch die Stadt gezogen, mit Zassi durch den Grüneburgpark, habe an Vergangenes gedacht und die Verheißungen vergessen. Die Plakate mit Thilos Plastiken, die plötzlich in der Stadt aufgetaucht waren, führten mir genau das vor Augen. Und trotzdem bin ich aufgestanden an jenem Morgen, habe meine Arbeitssachen gepackt und bin losgegangen. Als sei nichts geschehen, als sei mein Warten nicht mit einem Schlag hinfällig gewesen, und damit das Ende des Wartens kein Ende mehr.

Ich hätte es ihm einfach sagen sollen, denke ich heute, hier im Hof meiner Mutter, ich hätte seine Telefonnummer herausfinden müssen und ihn bitten, mich in Ruhe zu lassen. Ein für alle Mal.

Er hatte sich nicht bei mir gemeldet, hatte meine Adresse nicht herausgefunden, was ein Leichtes gewesen wäre, war ich doch in allen Verzeichnissen notiert, die man sich nur denken konnte. Thilo hatte mir über sein Kommen nichts mitgeteilt. Wahrscheinlich dachte er, wenn er überhaupt an mich gedacht haben sollte, dass ich die Sache früh genug mitbekommen würde, dass es also unnötig sei, ja im Grunde vollkommen unnütz, nach mir zu suchen. Wenn er die Stadt betritt, alle Augen auf ihn gerichtet, würden ja auch meine Augen auf ihn gerichtet sein.

Er hätte mich in Ruhe lassen sollen, das wäre auch für ihn besser gewesen.

Sollte er doch zurückgehen nach Amerika, dachte ich, von wo er gekommen war und wo seine Träume und Hoffnungen, und zeitweise auch meine

Träume und Hoffnungen gelegen hatten. Ich merkte in diesen Tagen, die unaufhaltsam auf Thilos Ausstellung zuliefen, dass ich die Stadt, die Thilo so locker in die Tasche zu stecken drohte, die er so locker in die Tasche steckte, dass ich diese Stadt zurückhaben wollte. Mein Frankfurt! Als wäre mir plötzlich aufgegangen, dass ich hier eine Heimat hatte. Ab jetzt würde mein Herz schneller klopfen, dachte ich, wenn ich, aus irgendeiner Fremde kommend, die Frankfurter Skyline sah, die ich aus der Entfernung nur von Fotos kannte. Aber Thilo war dort. Oder er war dort gewesen. Wie Besitzstandsmarkierungen leuchteten seine Plakate von den Plakatwänden, hoben sich von den anderen Plakaten ab, die Konzerte und Ausstellungen ankündigten und langsam in der Sonne verblassten.

## 21.

Zwei Tage vor der Ausstellungseröffnung hatte Zassi mich auf ein Bier eingeladen, in die Gute Stute gleich am Güterplatz. Das erste Mal nach langer Zeit rief er bei mir an. Vielleicht ahnte er etwas.

Zassi hatte mich noch nie auf ein Bier eingeladen. Gehen wir ein Bier trinken, sagte er forsch ins Telefon, ich geb einen aus. Ein Satz, der gar nicht zu ihm passte, es war, als hätte er plötzlich eine kleine Nickelbrille getragen und durchlöcherte Jeans. Ich hörte mich nach Spendierhosen fragen. Mir war dieses Wort noch nie über die Lippen gekommen, wie auch jenes Tschüssikowski nicht, mit dem ich unser Gespräch beendete. Aber Zassi trug, als wir uns trafen, sein Hemd wie immer in die grauen Tuchhosen gesteckt, und er begrüßte mich auch nicht mit einem Klaps auf den Rücken.

Die Gute Stute lag im Souterrain eines neuen Bürohauses, war lang und schmal und wurde von Lampen mit roten Stoffschirmen beleuchtet. Wie ein Bordell, dachte ich, denn so stellte ich mir die Beleuchtung in den Etablissements am Bahnhof vor. Fast, sagte Zassi, aber nicht ganz, als müsste er es wissen. Dabei war ich mir sicher, dass er noch nie im Puff gewesen war. Es gab Vergnügungen, die wir uns noch nicht einmal versagen mussten, auch wenn sie gerade begannen, chic zu werden in unseren Kreisen. Dann werden wir selbst eben nicht chic, sagten wir uns. Und ich begann zu begreifen, was die Philosophen mit diskursiver Verschiebung meinten: dass etwas zu etwas anderem wird, ohne dass es sich verändert.

Da die wenigen Nischen, die es an den Seitenwänden gab und in denen man ungestört hätte reden können, von jugoslawischen Liebespaaren besetzt waren, ließen wir uns an der Bar nieder. Zassi kannte den Schankwirt, das war mir gleich aufgefallen, und es hat mich verwundert, weil ich nicht dachte, das er außer mir noch andere Freunde hatte. Schon gar keine Kneipenbesitzer.

Der Schankwirt hieß Ivo. Er mixte aus klarem Schnaps und Likör ein süßes orangerotes Getränk, das er uns in kleinen Gläsern hin und wieder neben das Bier stellte. Jedes Mal trank Zassi seines mit einer strammen Bewegung aus, und ich wollte ihm nicht nachstehen. Es war die Art, wie man hier trank. Kurze Bewegungen, sparsam, effizient.

Zassi schien vergessen zu haben, dass ich neben ihm saß. Manchmal nickte er Ivo zu, und die beiden wechselten Sätze in einer mir unbekannten Sprache. Wir mussten am Ende nur die Biere bezahlen. Wir feiern den Abschied, sagte Ivo unvermittelt in gebrochenem Deutsch. Ich verstand nicht, was er meinte, und gab auch nichts auf seinen Spruch. Irgendwas würde es mit Zassi oder ihrer beider Herkunft zu tun haben.

Hinter unseren Rücken wieherte in unregelmäßigen Abständen ein ausgestopftes Pferd. Ich drehte mich jedes Mal um, wenn ich es hörte, und blickte in die braunen gläsernen Augen des Tiers.

Wir hatten viel zu viel getrunken, und Zassi schlug vor, zum Abschluss noch in die Entlüftungsanlage des FAZ-Neubaus zu pissen.

Wenn man einmal in politischen Zusammenhängen denke, sagte er, als wir Ivos Lokal verlassen hatten, sei es nicht mehr egal, wo man hinpisst, und nur so könne man die Stadt für sich gewinnen. Ich wusste zwar nicht, was er mit politischen Zusammenhängen meinte, stimmte ihm aber zu.

Zassi schritt rasch voran und seine Vorstellung von energischem Gehen hatte sich wohl im Alkohol- und Zigarettendampf aufgelöst. Er lief, als hätte er nie einen Vater mit Holzbein gehabt. Ich bin doch kein Hund, rief ich ihm nach und folgte ihm doch. Zassi schüttelte den Kopf. Du begreifst gar nichts.

Ich hatte bis zu jenem Abend von einer politischen Obsession Zassis noch nichts geahnt, sei es, weil er sie bislang erfolgreich vor mir versteckt hatte, sei es, weil sie in Folge des Alkoholgenusses gerade erst in ihm entstanden war. Ohnehin merkte ich, dass ich von Zassi kaum etwas wusste. Bei aller Vertrautheit: Ich kannte ihn nicht. Zum ersten Mal keimte in mir der Gedanke, er könnte aus Jugoslawien oder irgendeinem anderen Bürgerkriegsland stammen, einer untergegangenen Welt wie der meinen, und vielleicht ergab sich gerade daraus unsere gegenseitige Attraktivität.

Zassis Welt hatte sich vielleicht von Grund auf selbst zerstört, existierte nur noch in zyklisch aufflammenden Scharmützeln, mit denen jede Erinnerung an Gemeinsamkeiten vergehen würde.

Vielleicht war das der Abschied, von dem Ivo gesprochen hatte, der langsame und lange Abschied.

Zassi und ich hatten noch nie über unsere Herkunft gesprochen, nicht im politischen Sinne. Zwar über Abstammung, Vater und Mutter, dergleichen, aber nicht über Geografie. Gut, ich hatte in Zassis Worten hin und wieder einen Zungenschlag wahrgenommen, der mir ungelenk vorkam, den ich aber als leichten Sprachfehler aufgefasst hatte und nicht als den Rest einer Heimat.

Scheiß-Bullen, rief Zassi plötzlich und vollkommen akzentfrei, als zwei Polizisten ihn baten, den Unfug zu lassen. Kann man nicht mal mehr in Ruhe pinkeln? An der Klinkerfassade des FAZ-Gebäudes glänzte ein feuchtes Schriftzeichen, und es würde nach dem Trocknen einen blassweißen Mineralienschimmer hinterlassen. Eine Entlüftungsanlage hatten wir nicht gefunden.

Ich zerrte Zassi mit aller Kraft von den Polizisten weg, und er entleerte den Rest seiner Blase fluchend gegen einen Baum auf der Frankenallee und auch ein wenig auf seine Schuhe, einige Meter vom Verlagsgebäude entfernt. Die beiden Uniformierten schienen zufrieden, lächelten sogar, bevor sie langsam in ihr Auto stiegen und davontrödelten, als gäbe es nun auf der Welt nichts mehr zu schützen.

So, das war's, sagte Zassi. Hau jetzt ab, und er versetzte mir einen Schlag auf den Hinterkopf, zu leicht, um gefährlich zu sein, und doch hart genug, um mich seiner Aufforderung nachkommen zu lassen.

Zassi verschwand anders als sein Land nicht mit einem Knall. Er löste sich einfach auf. Ich sah ihn zwar hin und wieder, aber schemenhaft, ohne noch einmal mit ihm zu sprechen. Er blieb als Vorstellung. Als Karteikarte in meinem Erinnerungsregister, die seinen Namen trug.

## 22.

Zwischen Brückenpfeilern schlängelte sich ein kleiner Fluss, das Wasser bleigrau. Acht Uhr morgens. Es war meine erste Arbeit an diesem Tag.

Die Ufer mäßig grün. Ein paar windschiefe Häuser; mehr war nicht zu sehen. Putz und morsches Gebälk waren ins Wasser gefallen, bildeten struppige Inseln, auf denen Seevögel ihre Nester gebaut hatten. Die Stahlträger der Brücke waren mit rostroter Farbe gestrichen, lagen langgestreckt auf drei quadratischen Betonklötzen, die man provisorisch ins Wasser gestellt hatte. Sie ähnelten den Pontons einer vorrückenden Armee, die man vergessen hatte, weil die Armee nie zurückkehrte.

Warum ist die Farbe zum Schutz vor Erosion und Zerfall die gleiche wie die von Erosion und Zerfall? Als ob Rost etwas Beseeltes wäre, das davor zurückschreckt, sich selbst zu begegnen. Als ob Rost ein schlechtes Gewissen hätte aufgrund seiner Zerstörungskraft. Und das Wort Reaktion gibt diesem chemischen Prozess etwas sehr Emphatisches. Ein Plan der Elemente. Wie sehr hatte sich die Vorstellung eines Gottes in die Sprache gedrängt, eines Gottes, den ich zuweilen herbeisehnte, an den ich aber nicht glauben konnte, mit dem besten Willen nicht.

Ein Plakat wie dieses, dachte ich, als ich das Schaufenster der Reiseagentur putzte, taugt eher, um Kriminellen ein sicheres Versteck anzubieten, als Lust auf einen Urlaub zu machen. Und wie immer, wenn ich über etwas nachdachte, hatte ich meine Arbeit nicht etwa unterbrochen, bewegte mich nur ein wenig langsamer, als würde von der Energiemenge, die mir zur Verfügung stand, beim Denken ein entsprechendes Quantum von den Organen abgezogen und in den Kopf geleitet.

Ob es andersherum genauso ist, also ob ich langsamer denken würde, wenn ich während eines Denkprozesses eine körperliche Tätigkeit begänne, kann ich nicht entscheiden. Ich vermute aber, dass es so ist.

Hier auf dem Plastikstuhl, im Hof des Wohnhauses meiner Mutter, komme ich in dieser Hinsicht nicht weiter. Es gibt keinen Anlass, sich zu bewegen. Alles, was ich tun könnte, hat schon ein Hausmeister erledigt, und der Hunger, den ich vor einigen Minuten noch spürte, hat sich in ein Gefühl innerer Leichtigkeit aufgelöst, eine Fastenübung.

Gleich wird meine Mutter ihren Kopf aus dem Küchenfenster stecken und mich nach dem Hunger fragen, mich an ihn erinnern, und dann werde ich diese Übung wiederholen müssen. Aber ich sitze lange genug hier im Hof. Es wird mir nicht schwerfallen.

Ich blinzelte, rieb mir die Augen, tauchte demonstrativ gemächlich meinen Lappen ins Wischwasser, das von gleicher Farbe war wie der Fluss auf dem Foto, und ich war mir nicht sicher, ob ich beobachtet würde, war eingeschüchtert, obwohl ich in diesem Moment gewollt hätte, dass man mich beobachtet. Denn wenn man beobachtet wird, fängt man an, auf eine objektive Art zu existieren. Die Bewegungen gewinnen erst durch die Beobachtung und in der Beobachtung die Bedeutung, die ihnen zukommt. Eine Bedeutung für andere, die nicht mit dem Sinn der Handlung, die der Handelnde ihr beimisst, übereinstimmen muss. Ein Beobachter könnte aus den Bewegungen, welche die Hand dabei vollzieht, etwas herauslesen, eine Nachricht wie beim Schwenken der Fahnen auf einem Schiff. In diesem Fahnenschwenken wiederum sähe ein nicht Eingeweihter dann eine Handlung mit dem Zweck, lästige Seevögel zu vertreiben. Und ich bewegte mich noch langsamer, sparsamer in meinen Gesten.

Thilos Skulpturen wurden erst durch die Betrachtung zu Skulpturen.

Da ich selbst kein Meister der Beobachtung war (mir wurde schnell langweilig, ich schloss die Augen oder drehte mich weg, wenn ich meinte, etwas verstanden zu haben), ging von mir auch nie jene vitalisierende Kraft aus, die ich an anderen hatte feststellen können. Thilo zum Beispiel hatte mich durch bloßes Zuschauen zu Handlungen bewegen können, über deren Möglichkeiten ich mir noch nicht einmal bewusst war. Allein seiner Beobachtung war es zu verdanken, dass ich in der Schule den Dreitausendmeterlauf durchgehalten hatte.

Mir selbst genügte immer ein Blick, um etwas einzuschätzen, ein Minimum an Information. Dann wandte ich mich ab, manchmal noch bevor meine Aufmerksamkeit bemerkt wurde. Das allzu genaue Beobachten schien mir zuweilen sogar gefährlich, denn die Grenzen zwischen Feststellung und Interpretation sind fließend. Kleinigkeiten treten zutage, die nur von kurzer Dauer sind, die sich aber vor das Bleibende drängen und uns Wünsche suggerieren, die wir gar nicht gehabt hätten, die uns also auch nicht quälen könnten, hätten wir die Kleinigkeiten einfach übergangen. Zeit existiert in Zeiträumen, und manchmal denke ich, dass ich zum Beispiel Kerstins Gestik viel zu viel Bedeutung beigemessen habe.

Oder sollte dieses Foto in der Agentur an die

Barmherzigkeit des Betrachters appellieren, so wie die Fotos von ölverschmierten Seevögeln? Sollte eine Reaktion auslösen, Geldsammelaktion, Verfallstourismus verbunden mit der Gründung eines Hilfsfonds für darniederliegende Bauwerke? Ein Frauenkirchensyndrom, auf das es anspielt. Aber wer würde schon Mitleid mit einer Brücke haben, die keinen Namen hat, aus Mitleid mit einer solchen Brücke eine Reise buchen? Die Häuser auf dem Plakat neigten sich tatsächlich wie in Todessehnsucht dem bleichen Wasser zu.

Am Ende war es einfach so, dass sich mir, und nur mir, der Zauber der dargestellten Landschaft nicht erschloss. Einsamkeit vielleicht. Es sei ein Gefühl von Weite, hatte mir Zassi einmal gesagt, der jedes Jahr zum Nordkap fuhr. Auch das ging mir nicht ein. Natur war mir immer zu unübersichtlich. Weit schienen mir nur Plätze in großen Städten mit ihren Kreisverkehren und Taubenschwärmen, Plätze, die von tosenden Magistralen verbunden werden.

Plötzlich schlugen kleine Schlammklumpen gegen die Schaufensterscheibe. Und als ich mich umdrehte, sah ich einen dunkelhäutigen Mann, der einen Eimer mit Wischwasser in einen Blumenkübel ausschüttete.

Der Mann stand breitbeinig und summte etwas, eine Melodie, die nicht zu seiner Hautfarbe passte und die mir bekannt vorkam. Innerlich stimmte ich in sein langsames Gesumm ein. Er schien sein Vergnügen daran zu haben, denn er zwinkerte mir zu, und ich hatte gar nicht bemerkt, dass leise Töne über meine Lippen gekrochen und zu ihm gedrungen waren. Aber es muss so gewesen sein.

Sein Wischwasser spritzte derweil aus dem Blumenkübel wieder heraus und nahm Klumpen von Erde mit, die gegen meine frisch geputzte Fensterscheibe schlugen und dunkle Punkte darauf hinterließen. Es machte mir nichts aus, ich würde die Scheibe noch einmal putzen, und sie würde sich nicht von den anderen Scheiben unterscheiden, die ich schon geputzt hatte.

Wie viel Wasser in so einen Eimer passte, wie viel Wasser zehn Liter sein konnten! Eine Frau schimpfte im Vorbeigehen und rieb an kleinen Flecken auf ihrem Mantel herum. Der Dunkelhäutige nickte und bat um Verzeihung. Aus seinen großen braunen Augen drang das untertänigste Lächeln, das ich je gesehen hatte. Und es war vollkommen frei von Angst. Schon gut!, sagte die Frau. An einer Leine in ihrer Hand zerrte ein kleiner weißer Spitz.

Der Mann schien mir plötzlich vertraut, als hätten wir die gleiche Geschichte, eine Geschichte, die sich synchron von verschiedenen Punkten der Welt auf dieses Frankfurter Schaufenster zubewegt hatte. Beide waren wir Schwemmgut in dieser Stadt und als Diener der Oberfläche geendet.

Ich tauchte meinen Lappen ins Putzwasser und bespritzte noch einmal die Schaufensterscheibe. Zaghaft, als fürchtete ich, Spuren im Glas zu hinterlassen, zog ich das Wasser mit der Gummischiene ab und vertiefte mich noch einmal in das Bild mit der Brücke und jenen lebensmüden Häusern. Der Dunkelhäutige mit seinen Wassereimern war bereits verschwunden. Als Zeichen seiner Anwesenheit verblieb ein feuchter Fleck im Pflanzkübel, langsam trocknend, und für mich unsichtbar, aber gegenwärtig, die grauen Flecken auf dem Mantel der Frau. Die Spur einer Spur. Der Rest einer kleinen Schuld, die eine Waschmaschine tilgen würde.

## 23.

Es war mir, seit ich als Fensterputzer arbeitete, zur Gewohnheit geworden, nah am Mainufer zu frühstücken. Vor dem Park gab es immer einen Platz, auf dem ich den Lieferwagen abstellen konnte, ganz legal, ohne einen Strafzettel zu riskieren wie sonst überall in der mit Autos verstopften Stadt. Einen Strafzettel, der mir ein unschönes Gespräch mit meinem Chef eingebracht hätte, einem vierschrötigen Urfrankfurter, mit dem es sich kaum zu reden lohnte, und dessen verwaschenes Hessisch ich ohnehin nur mit Mühe verstand. Er sprach von mir als einem Zugezogenen, von denen es immer mehr gebe, so dass die echten Frankfurter schon eine Minderheit seien.

Manchmal nannte er mich den Studierten, und ich glaube, er freute sich klammheimlich darüber, dass ich bei ihm als Fensterputzer dienen musste. Ich selbst fand das weniger schlimm, die Arbeit war auszuhalten, der Lohn reichte, und meinem Chef begegnete ich selten, eigentlich nur am Morgen, wenn er mir den Zettel mit der Tagestour über seinen alten Bürotisch schob.

Hier, vom Park aus, sah ich kein Fenster, das mich an meinen Broterwerb erinnerte. Das einzige Gebäude, das etwas abseits an der Straße stand, als wäre es aus irgendeinem Grund verschont geblieben, kehrte mir eine verwitterte Brandmauer zu, in der Tauben brüteten und wahrscheinlich auch Mauersegler, aber ich sah nur Tauben, die auf der Wiese und zwischen den Abfalleimern nach Essbarem suchten.

Ich dachte hier immer, ich dachte fast unwillkürlich, wenn ich hier aß. Mit dem ersten Bissen formierte sich ein Thema und löste sich in meinem Kopf wie der Zucker in einem Glas heißen Tee, bis es mein ganzes Denken eingenommen hatte. Es strebte keinem Ziel zu, wollte nichts hervorbringen, und ich genoss die Bewegung meiner Gedanken, wie ich mein Brötchen genoss.

Das Thema war jedes Mal etwas ein anderes, eines, das sich während des Tages in meinem Kopf ablagerte und dort auf eine Mahlzeit im Park wartete, nichts, was mir selbst zu nahe ging, in das ich womöglich involviert gewesen wäre. Selbst kam ich in diesen Gedanken nicht vor.

Als ich an diesem Morgen mein Frühstück ausgepackt hatte und ein Baguette mit Käse und Schinken in der Hand hielt, sah ich eines dieser Plakate, die für Thilos Ausstellung warben. Irgendwer musste es mit in den Park genommen und auf der von Sonne und Hitze grauen Wiese liegen gelassen haben.

Thilo war hier, er war immer schon da, auch wenn ich immer noch auf ihn wartete, in irgendeiner Form war er anwesend. Und wahrscheinlich waren seine Skulpturen auf einem Schleppkahn herangebracht worden, und ich hatte sie gesehen, ein Brötchen in der Hand, hatte nicht gemerkt, worum es sich handelte. Vielleicht habe ich sogar der holländischen Frau zugewinkt, die auf dem Deck des Schiffes Wäsche aufhängte, große Laken und weiße Unterhemden, und ich habe an Rotterdam gedacht.

Das Hochglanzpapier blinkte in der Sonne, zuerst meinte ich, es handele sich um eine Spiegelscherbe, die das Licht reflektierte, aber nur kurz, denn ein Wind kam auf, ein heißer Sommerwind mit Staub und Sand vermischt, der das Plakat ein Stück mitnahm und wie vorsichtig auf einer trockenen grauen Wiese ablegte.

Ich hatte mit einem Mal keinen Appetit mehr und überlegte, ob ich das Plakat zusammen mit meinem Brötchen in einen der Papierkörbe stopfen sollte. Aber das wäre nicht meine Arbeit gewesen. Lieber war mir, der Wind würde es noch einmal erfassen und ins Flusswasser wehen, wo es verschmutzt und vollgesogen als undefinierbare Masse dahintreiben sollte.

Thilo hatte keinen Versuch gemacht, Kontakt mit mir aufzunehmen. Und er musste schon lange in Frankfurt gewesen sein, so eine Ausstellung bereitet man nicht in zwei Tagen vor. Er hatte nicht versucht, mich zu finden, obwohl er hätte wissen müssen, oder wenigstens ahnen, dass ich noch in der Stadt war und ihn erwartete. Er hatte es vergessen, oder schlimmer noch, es war ihm vollkommen egal, was aus mir geworden war.

Damals, als ich ihn zum Flughafen brachte, versprachen wir uns, in Kontakt zu bleiben. Wir gaben uns kurz die Hand, Thilo schenkte mir eines seiner kleinen Modelle, die aus Schweißdraht gebogen waren, und ging zum Check-in. Wir bleiben in Kontakt, hatte er gesagt. Und ich stand kurze Zeit später auf der Besucherterrasse des viel zu großen Airports und versuchte herauszufinden, welches Flugzeug es war, das ihn nach Chicago bringen sollte.

Da es keine Gangways gab, konnten wir uns nicht mehr winken, und ich konnte nicht feststellen, ob es der richtige Flieger war, dessen Fenster ich absuchte, in der Hoffnung, einen letzten Blick zu erfassen, oder dass wenigstens Thilo mich erkannte, zwischen all den Abschiednehmenden, die genauso wie ich mit einer Hand die Sonne abschirmten und sich gegenseitig auf die startenden Flugzeuge hinwiesen.

Wir bleiben in Kontakt. Was immer das hieß. Anfangs habe ich auf Post gewartet und auch den einen oder anderen Brief entworfen, den ich abschicken wollte, sobald ich eine Adresse hätte. Briefe, die, wie ich dachte, einmal in einen voluminösen Briefwechsel eingehen würden. Einen Briefwechsel, den Kunstwissenschaftler und Philosophen zu Rate ziehen würden, um die Genesis unserer gemeinsamen Weltbetrachtung zu erkunden. Allein, es fand sich nichts in meinem Briefkasten, außer Post vom Studentenwerk und Werbung, kein Lebenszeichen aus Amerika, nicht einmal eine Karte.

Später verlegte ich mich darauf, unseren Kontakt als etwas Metaphysisches zu interpretieren, eine innere Verbindung, die unabhängig von den Geschehnissen ewig bestünde. Wir würden uns finden, dachte ich, wenn es an der Zeit sei. Vielmehr würde Thilo mich finden, denn er wusste ja, wo ich steckte. Wir waren ja gleichsam ein und dieselbe Person, zwei Seiten einer Medaille, die kleinstmögliche Form eines Netzwerks. Das Plakat lag noch immer auf den von der Sonne verbrannten Grashalmen.

Ich formulierte unwillkürlich das Wort Verrat und murmelte es mehrmals vor mich hin. Hätte ich ein Messer dabeigehabt, ich hätte es in eine Parkbank geritzt. Ja, Thilo hatte mich verraten, nach allem, was wir miteinander erlebt hatten, was wir miteinander vorgehabt hatten. Wir waren zusammen nach Frankfurt gekommen, und es war von Anfang an klar, dass ich dort bleiben würde, um zu studieren, und Thilo würde nach Chicago gehen, wo er einen Onkel hatte, der ihn unterstützte.

In den Staaten, hatte Thilo gesagt, und ich hatte das sofort eingesehen, in den Staaten habe er die besten Bedingungen, sich zu formen, wie ich in Frankfurt die besten Bedingungen haben würde, mir ein theoretisches Rüstzeug zuzulegen, um seine Kunst und die Kunst überhaupt, um unsere Welt und die Welt überhaupt zu verstehen und zu erklären. Wir würden ein Team sein nach seiner Rückkehr, Thilo mit seiner Kunst, und ich mit meiner Theorie.

Das war schon in der Schulzeit so, wenn wir zum Beispiel nach Dresden zu einer Kunstausstellung fuhren und ich während der Zugfahrt in einem Buch las. Thilo saß neben mir, skizzierte etwas in eine Kladde. Später, in irgendeinem Café, referierte ich ihm den Inhalt des Buches, und er zeigte mir seine Skizzen, die ich analysierte und lobte, loben musste. Wir beratschlagten kurz, welches Buch als Nächstes zu lesen sei, und ich machte einige Vorschläge.

Thilo nickte beiläufig bei einem der Titel. Es war nicht immer leicht, die Bücher aufzutreiben. Aber es gelang mir auf irgendeine Weise. In Frankfurt war das einfacher, wäre es einfacher gewesen, aber hier fehlte mir das Nicken des Freundes, und ich hatte das Gefühl, viel mehr gelesen zu haben, als ich hätte lesen sollen. Wir verstanden uns immer schon als Team, obwohl wir es nie so genannt hätten, wenn wir ein Wort hätten finden müssen, das unsere Freundschaft beschrieb.

Ich zog etwas Rotz hoch und spuckte über das Geländer, wie ich es bei Gleisarbeitern und bei den Jugendlichen beobachtet hatte. Verächtlich und in der Hoffnung, ein durchbrausendes Auto zu treffen. Und ich stellte mir vor, wie mein Rotz entgegen der Flussrichtung zum Osthafen trieb.

## 24.

Ich stellte meinen Lieferwagen quer über den Bürgersteig, kam mir verwegen vor, auch wenn ich sehr vorsichtig bremste. Hier riskierte ich einen Strafzettel und ein Gespräch mit dem Chef, aber es ging nicht anders, außerdem wollte ich nicht lange bleiben. Ein Bier, eine Zigarette. Ich überlegte, ob ich die Warnblinkanlage einschalten sollte.

Der Verkäufer in der Trinkhalle, der wahrscheinlich auch ihr Besitzer war, ein älterer, dicker Mann in weißem Kittel, lehnte aus seinem Verkaufsfenster und schaute auf die Straße, als erwarte er jemanden. Er sah meinen Lieferwagen quer über dem Bürgersteig geparkt.

So können Sie aber nicht stehen bleiben!

In seiner Stimme lag keine wirkliche Entrüstung. Vielmehr schien er es als seine Pflicht zu betrachten, die Passanten auf ihre Vergehen hinzuweisen, zu ihrem Schutz gewissermaßen. Als Trost verkaufte er ihnen dann Bier oder Schokoriegel.

Ach was, sagte ich, sah mich aber um und stellte fest, dass mein Transporter zumindest so viel Platz ließ, dass ein Rollstuhl oder ein Kinderwagen locker vorbeigekommen wäre.

In Frankfurt heißen die Kioske Trinkhallen, obwohl sie keine Hallen sind, ja teilweise nicht einmal ein Vordach haben, wo man sich unterstellen kann, wenn es regnet. Man versuchte wahrscheinlich, den Dingen per Namen etwas Größe zu verleihen, und man geht nicht einfach mal kurz an den Kiosk, sondern zur Trinkhalle. Man geht jedoch nicht in die Halle, wie der Name nahelegt, sondern an die Halle, steht vor der Halle herum und trinkt. Eine Warteposition.

Im Fenster dieser Trinkhalle standen bestimmt dreißig verschiedene Sorten Bier, von denen ich nur die wenigsten kannte.

Ein Henninger bitte.

Pils oder Export?

Pils.

Der Verkäufer verschwand hinter seinem Fenster, tauchte kurz darauf mit einer Flasche Bier wieder auf und stellte sie auf die Ablage, die mit einem blau karierten, schmutzigen Küchentuch bedeckt war. Er wirkte ein wenig traurig. Vielleicht weil ich mich nicht für eines der exotischeren Biere entschieden hatte.

Heute war das Ordnungsamt hier, sagte er, während er in einer Schublade nach Wechselgeld kramte. Heute Morgen. Ich glaube nicht, dass die wiederkommen.

An die seitliche Wand der Trinkhalle war ein schmales Brett geschraubt und mit braunem Wachstuch überzogen. Dort standen zwei Männer und schwiegen, als seien sie mitten im Satz eingeschlafen. Wenn sie sich dann doch noch bewegten, taten sie das in Zeitlupe. Vielleicht hatte der Trinkhallenbesitzer sie angestellt, um durch ein Strecken der Zeit sein eigenes Leben zu verlängern.

Ich stellte mich in größtmöglichem Abstand daneben und nahm einen langen Zug aus meiner Flasche.

Hast du schon mal einen ...?, fragte einer der

Männer den anderen so laut, dass ich es hören musste. Er sprach langsam, formulierte mit Mühe.

Der Mann schwitzte unter einer Schimanskijacke, und an seinem Schnauzbart glänzte Bierschaum. Sein Kumpan hielt sich mit beiden Händen am Tresen fest, sog Luft in seine geröteten Backen und presste sie durch einen schmalen Schlitz zwischen den Lippen mit einigen Speicheltropfen vermischt wieder heraus.

Scheiße, du Arsch!

Der Schnauzbärtige klopfte sorgfältig seine Jacke ab, obwohl er vom Speichel überhaupt nichts abbekommen hatte.

Ich würde nie einen umbringen. Das ist Scheiße, kehrte der Schnauzbart zu seinem Thema zurück.

Sein Kumpel nickte ernst und etwas zu heftig. Beinahe wäre er mit dem Kopf gegen seine Bierflasche gestoßen.

Also ich würde nicht …

Der Andere ließ den Tresen los und wankte langsam hinter die Trinkhalle. Er sagte noch etwas, was wie »auch« klang, bevor er neben den Brettern der Rückwand in einem kleinen Gebüsch verschwand.

Wenn die beiden Männer schon lange hier standen, müsste es irgendwo da hinten einen kleinen übelriechenden See geben.

Den Trinkhallenbesitzer schien das nicht zu stören. Er lehnte sich nur dann und wann aus seinem Fenster und sah nach, ob auf der Straße alles in Ordnung war, ob er einen Falschparker auf sein Vergehen hinweisen konnte, um ihm dann klarzumachen, dass eigentlich keine Gefahr drohte, wenn er nur bei ihm ein Bier trank.

Jetzt, da für einen Moment Ruhe herrschte, wollte ich rauchen und nachdenken. Aber ich hatte meine Jacke im Auto gelassen.

Willst du was?, fragte der Schnauzbärtige und versuchte, mich ernst anzusehen. Er kämpfte offensichtlich gegen ein Schielen im linken Auge an, seine Knie knickten immer wieder ein.

Ich habe meinen Tabak im Auto gelassen, sagte ich.

Ach so.

Der Schnauzbärtige wandte sich seinem Bier zu.

Ich hatte keine Lust, den Tabak zu holen, ging zum Fenster der Trinkhalle, verlangte ein Päckchen Schwarzer Kraußer und Zigarettenpapier. Der Verkäufer rief an mir vorbei auf die Straße hinaus: Das machen sie aber weg!

Ich sah, als ich mich umdrehte, wie ein winziger schwarzer Hund in sechs Metern Entfernung auf den Bürgersteig kackte. Die junge Frau im gelben Jogginganzug, die ihn an der Leine hielt, lachte und ging weiter.

Kraußer und Papers war das?

Kann ich mal Feuer haben?, fragte ich den Schnauzbärtigen, als ich wieder bei meinem Bier stand und mir eine Zigarette gedreht hatte.

Sicher. Er wühlte in seinen Jackentaschen.

Du drehst, was? Habe ich auch mal gemacht, als ich arbeitslos war.

Scheiße, sagte er, nachdem er alle Taschen seiner Jacke durchwühlt hatte. Ich zeigte auf den Tresen, wo eine Schachtel Reval und ein weißes Feuerzeug mit Herzchen drauf lagen.

Der Schnauzbärtige hielt mir mit zitternder Hand die Flamme unter die Zigarette. Liebe ist..., stand auf dem Feuerzeug.

Würdest du jemanden umbringen?, fragte er, und die Frage klang, als sei sie ernst gemeint. Ich zuckte mit den Schultern.

Bist wohl 'n ganz Harter?

Ich wusste nicht genau, was er damit meinte, aber es schien mir, als hoffe er, dass ich ein ganz Harter wäre.

Eigentlich würde ich niemanden umbringen, aber man kann ja nie wissen, sagte ich.

Wir schwiegen tatsächlich eine Zeit lang.

Hast wohl schon mal einen abgeknallt? fragte der Schnauzbärtige, als ich unser Gespräch schon fast vergessen hatte. Ich erschrak und schüttelte den Kopf.

Du siehst auch nicht aus wie einer, der schon mal

einen abgeknallt hat. Aber den meisten sieht man es ja nicht an.

Willst 'ne Aktive?, fragte der Schnauzbärtige und hielt mir die Reval hin.

Irgendetwas an mir schien ihn zu beeindrucken. Vielleicht mein roter Overall oder mein Hochdeutsch, das man sich, wie er wahrscheinlich dachte, nur im Knast hat angewöhnen können oder in der Politik. Aber wie ein Politiker sah ich nun wirklich nicht aus. Also blieb Knast. Außerdem putzte ich Fenster, das musste er erkannt haben, am Firmenschild vielleicht, oder er hatte Eimer und Abzieher im Auto gesehen. Ich führte also eine Tätigkeit aus, welcher er selbst nie nachgehen würde. Höchstens Kriminelle machen so was. Oder Gescheiterte. Aber Gescheiterte waren ihm sicher kein Begriff.

Nein danke, sagte ich und formulierte so sauber ich nur konnte. Denn das, so dachte ich, müsste ihm Angst einjagen. Der Schnauzbärtige sah mich forschend an.

Sein Kumpel musste beim Pinkeln eingeschlafen sein. Ich hoffte inständig, er würde bald zurückkommen und mich erlösen. Aber er kam nicht, und er stand auch nicht am Verkaufsfenster.

Anscheinend stand das Urteil des Schnauzbärtigen fest, ganz egal, was ich sagte. Und wenn ich ihm gesagt hätte, dass ich Sozialwissenschaftler sei, hätte er wahrscheinlich durch die Zähne gepfiffen, gerade so, als dächte er, dass es sich dabei um eine ganz perfide Form des Verbrechens handele.

Kein Feuer, aber auch nichts sagen wollen, sagte er.

Ich machte einen Schritt auf den Mann zu. Er ging leicht in die Knie. Wahrscheinlich hätte er sich flach auf den Boden geworfen und sich tot gestellt, wenn ich noch näher gekommen wäre.

Der Kumpel kam. Endlich. Der Hosenstall stand ihm offen, und die Hose war am linken Bein völlig durchnässt.

Der würde jemanden umbringen, sagte der Schnauzbärtige und zeigte auf mich, und ich sah keinerlei Grund und Möglichkeit, diese Behauptung zu entkräften. Der Kumpel stellte sich wieder an den Tresen und hielt sich mit beiden Händen fest. Er nickte mühsam. Ich ließ mein Bier stehen, halbvoll.

Macht damit, was ihr wollt. Nur den Tabak steckte ich ein.

Und als ich langsam an der Trinkhalle vorbeifuhr, sah ich, wie der Schnauzbärtige zwei kleine Flaschen Schnaps vom Verkäufer bekam und dabei eine Geste machte, die das Durchschneiden seiner Kehle andeutete. Dann wies er auf meinen Lieferwagen, und der Verkäufer nickte.

## 25.

Heute, wenn ich hier am Haus meiner Mutter sitze, sie in der Küche klappern höre, und die Sonne lange hinter den gegenüberliegenden Häusern verschwunden ist, denke ich, dass Verrat für Thilos Verhalten ein falsches Wort ist. Thilo hat mich benutzt. Als Werkzeug, als Diener, der ihm die Lektüre schwieriger Texte abnahm, den man zurücklassen und vergessen konnte, wenn man ein Flugzeug bestieg. Und wie man ein Werkzeug, das man nicht mehr braucht, einfach wegwirft, hat er mich weggeworfen und meinem Schicksal überlassen. Aber wenn das Werkzeug dann irgendwo herumliegt, wenn es nicht ordentlich entsorgt wird, läuft man Gefahr, dass man darauf tritt und sich schwer verletzt, und wenn Thilo etwas zugestoßen ist, dann hat er es verdient, dass es ihm zustößt. Er hat es verdient, wie ich das, was mir zugestoßen ist, verdient habe, zum Beispiel dass ich jetzt wieder hier vor dem Haus meiner Mutter sitze.

Und wahrscheinlich habe ich die anderen gar nicht um ihre Geschichten, sondern um die Klarheit ihrer Defizite, die Eindeutigkeit ihrer Verletzungen beneidet, die sich in ihren Geschichten niederschlugen, die sie ganz ohne Verlegenheit erzählten, als läge darin ein unmittelbares Wissen, das sich an der Oberfläche der Ereignisse kräuselt. Sie erzählten, als würden sie ihren eigenen Erzählungen trauen.

Ich glaube nicht, dass Thilo tot ist. Er hätte anders ausgesehen, als man ihn abtransportierte. Auch wenn ich nicht viel über den Tod weiß, denke ich doch, dass Tote gelassener wirken als Thilo, wie er auf der Trage lag; schmerzfrei sind sie, in jeder Hinsicht, und die Luftreste, die bei der Umlagerung des Körpers aus ihrer Lunge dringen, können nur die Hinterbliebenen verunsichern.

Auch wenn ich weit weg gestanden hätte, vierzig oder fünfzig Meter weit weg, so hätte ich doch erkennen können, dass Thilos Körper sich krümmte, wie nur ein lebender Körper sich krümmen kann, angestrengt dem Zwang entgegenarbeitete, der letztlich aus ihm selbst kam.

Nur vitale Körper können derart gegen sich arbeiten, wie ich es an Thilos Körper gesehen habe, mit einer solchen Kraft sich gegen die eigene Haltung wehren, die ihren Tod gleichsam symbolisiert. Lebende Körper versuchen, sich dem Sterben zu entziehen, indem sie mit aller Macht eine lebendige Äußerlichkeit beibehalten wollen. Mimikry ans Lebendige. Das hatten die zwei von der Trinkhalle nicht wissen können, und ich wusste es da auch noch nicht. Man muss es gesehen haben, und ich habe es gesehen, wenn auch aus großer Entfernung.

Thilo hätte mir ein Zeichen gegeben, wenn er meine Anwesenheit bemerkt hätte. Wahrscheinlich hätte er überrascht wirken wollen. Es gibt dich also noch, alter Kumpel. Dass er nichts davon wusste, hat seine Gründe, zumal er, wie es aussah, seinen Kopf nicht heben konnte. Wahrscheinlich war er schwer verletzt.

Die Sanitäter hatten ihn zugedeckt, bevor sie ihn in den Rettungswagen schoben, sie hatten ihn nicht wie einen Toten oder Sterbenden zugedeckt, eher wie einen Frierenden, obwohl es sehr heiß war an jenem Tag. Kerstin, die dabeistand und mich ebenso wenig bemerkte, sah besorgt aus und schaute auf Thilo und auf Thilos Skulpturen. Sie telefonierte noch kurz und stieg dann zu ihm in den Rettungswagen.

Als die Stahlskulptur kippte, hatte es einen kleinen Blitz gegeben, weil sich die Abendsonne im Chromstahl verfing. Nur einen Blitz, keinen Knall, wie ich erwartet hatte. Thilo stand genau daneben, voller Zutrauen in die Standfestigkeit seiner Arbeit, wie ich annehme.

Das Blitzen wird ihn kaum überrascht haben, denn er hatte die Oberflächen seines Materials eben solcher Erscheinungen wegen verchromen und stundenlang polieren lassen. Ich hatte zwei Angestellte eines fremden Reinigungsunternehmens am späten

Nachmittag bei der Arbeit beobachtet und konnte mich aus diesem Grund erst sehr spät, erst kurz vor der Ausstellungseröffnung den Skulpturen nähern. Sie polierten den Chrom mit trockenen Lappen, bis kein Fingerabdruck mehr sichtbar war, nicht der geringste Schatten einer Berührung. Das machte die Arbeiten auf den ersten Blick unantastbar, und ich spüre noch heute ein leichtes Brennen in den Fingerkuppen, als hätte ich sie kurz in flüssigen Stickstoff getaucht.

Auch habe ich Zassi nicht begrüßen können, der unter den Besuchern war, die auf die Eröffnungsrede warteten. Ich habe mich nur gewundert, als ich ihn dort sah, wollte auf ihn zugehen, ging dann aber lieber einige Meter zurück, und achtete darauf, immer hinter ihm zu bleiben.

Als es blitzte, blieb Thilo keine Zeit mehr, sich durch einen Ausfallschritt in Sicherheit zu bringen. Die Plastik kippte, verfehlte ihn beinahe, traf ihn nicht ganz punktgenau an der Schulter.

Thilo lebt. Je mehr ich darüber nachdenke, umso sicherer werde ich mir. Es mag sein, dass er an schweren Verletzungen leidet, dass er nicht laufen kann, nie mehr laufen kann, ja nicht einmal stehen, aber er lebt. Sonst hätte sich die Nachricht seines Todes verbreitet, ähnlich der Nachricht seiner Anwesenheit. Hätte wie die Ausstellungsplakate als Information, als Todesanzeige in einer kostenlosen Wochenzeitung den Weg in einen Mülleimer des Parks gefunden. Eine Schlagzeile unter den Siegesmeldungen der vorrückenden amerikanischen Armee im zweiten Golfkrieg.

Kein Wind hat die Todesnachricht über die vierhundert Kilometer ostwärts in den Hof meiner Mutter geweht.

Thilos Signatur hier ist die der Erinnerungen an unsere Jugend. Und hätten wir den Mut gehabt, wir hätten unter der kleinen Brücke über den Karl-Heine-Kanal, auf der sich eine alte Straßenbahn mühsam entlangschob, Blutsbrüderschaft geschlossen. Niemand hätte unsere Schmerzensschreie gehört, wenn wir uns mit Rasierklingen gegenseitig in den Arm geritzt hätten. Das Quietschen der Räder in den Straßenbahnschienen übertönte jedes Geräusch. Doch wir hatten noch nicht gelernt, den eigenen Schmerz zu kalkulieren, und auf meinem Unterarm findet sich keine Narbe.

## 26.

Jeden Morgen, und das ist die einzige Tätigkeit, die ich regelmäßig ausführe, gehe ich den Block entlang in Richtung Hauptstraße und kaufe in der winzigen Filiale einer Bäckerkette Brötchen und die wichtigsten deutschen Tageszeitungen. In einer von ihnen wäre von Thilos Tod berichtet worden, auch wenn er erst später im Krankenhaus seinen Verletzungen erlegen wäre.

Ich las zuerst das Feuilleton. Deutsch-amerikanischer Künstler erliegt seinen Verletzungen. Ich fand keine derartige Meldung, aber auch keinen Bericht über seine Ausstellung. Seit einigen Tagen suche ich nun auch unter Vermischtes. Diese Rubrik hatte ich sonst immer missachtet. Doch wäre es mir, bei genauerer Überlegung, eine Genugtuung gewesen, gerade hier etwas zu finden.

Ungefähr eine Woche lang habe ich nun schon die anderen Seiten durchforstet, so dass ich mir einen ziemlichen Pressestapel aus dem Papiermüll wühlen musste. Künstler von eigenem Werk erschlagen. So oder so ähnlich hätte die Schlagzeile dort lauten müssen. Ich habe sie nicht gefunden. Vielleicht sollte ich meine Mutter bitten, mit mir nach Sopot zu fahren, dass wir uns die alte Kreuzritterfestung dort ansehen.